新注和歌文学叢書3

秋思歌　秋夢集　新注

岩佐美代子　著

青簡舎

目次

凡　例

一、底本には両集とも、冷泉家時雨亭文庫蔵本を用い、冷泉家時雨亭叢書『為家詠草集』『中世私家集　七』所収の写真版によって翻刻した。

一、それぞれ、歌頭に歌番号を付した。秋思歌末尾の上部書入れ詠は、本来本文の終ったのち、改めて丁順に排列した。

一、本文表記は底本に忠実に従ったが、漢字は通行の字体に改め、私意により濁点を付した。また送り仮名を付し、該当部分に傍点を付してその旨を示した。

一、歴史的仮名遣いを（　）内傍記で示した。

一、〔現代語訳〕〔他出資料〕〔語釈〕を示した。

一、〔参考〕として、證歌（詠作上に強いヒントを与えた古歌）および先行歌・同時代歌で、解釈上参考となる詠を示した。その本文・歌番号は『新編国歌大観』によった。

一、〔補説〕として、適宜考証・解説等を加えた。

注釈

秋思歌

1

七月十三日

そでぬらすつゆはならひのあきぞともきえぬる時ぞ思ひしらるゝ

〔現代語訳〕
袖を濡らす露――故人を哀惜する涙というものは、すでに習慣となっている秋なのだ、という事も（父の没した時すでにわかっていたはずなのに）、我が子が露のように消えてしまった時こそ、今更のように思い知られるよ。（私はただ、こうして泣きぬれるよりほかないのだ）

〔参考〕「前中納言定家身まかりて後、第三年の仏事、嵯峨の家にてし侍りけるにつかはしける　実氏　今日といへば秋のさがなる白露もさらにや人の袖ぬらすらん　返し　為家　今日までもうきは身にそふさがなれば三年の露のかわく間ぞなき」（続古今一四一九・一四二〇）

〔語釈〕　**○つゆ**　秋の景物として、涙を象徴するとともに、縁語「きえ」を伴って、はかなく没した大納言典侍為子をも暗示。**○ならひ**　習慣、習性。

〔補説〕　弘長三年（一二六三）七月十三日、藤原為家女、後嵯峨院大納言典侍為子は、三十一歳の若さで世を去った。「秋思歌」一一八首は、最愛の女を失った六十六歳の老父が、その服喪期間に詠出した、血の出るような哀傷歌集である。没年次推定については解説を参照されたいが、日付は本集冒頭のこの記載によって確定される。何の説明もなく追悼歌集の冒頭に記されたという事自体が、忘れ難いその日である事を雄弁に物語っている。但し、これが直ちに本冒頭詠詠出の日付であるとは即断できないし、またその必要もない。大歌人為家といえども、愛娘死去の即日にこのような詠をなし得たであろうか。即日ならずともそれに近い時期から詠歌を開始し、中陰中に二百余首を成した事、それ自体が、為家の歌人魂と秀抜な詠歌能力を示している。

「袖ぬらす露」は常套的表現とも見えるが、実はそうとも言えない。古来和歌で「袖ぬらす」のは「涙・水・波・時雨・雫」等で、「露」は勅撰集では新古今（七八四忠実・一六七四成仲）で初出である。為家の脳裏に刻みつけられた「袖ぬらす露」はそれらではなく、参考にあげた定家三回忌贈答のそれであろう。定家死去は仁治二年（一二四一）八月二十日。愛する家族を失った時、それにつながる先立った家族を思うのは人情の自然であるが、特に典侍は、定家が七旬有余の老眼を励まして書写した三代集・伊勢物語を与えた、「鍾愛之孫姫」であった。その死に当り、所も同じ嵯峨の家で、過ぎし日の定家三回忌贈答を思い起し、つくづく「袖ぬらす露はならひの秋」と思い知ったのであろう。「秋思歌」の命名の、一つの所以でもある。

為家はかつて宝治二年（一二四八）西園寺実氏家十五首にも「袖ぬらすならひは露といひおきてはては時雨るる秋ぞ悲しき」（為家集七七七）と詠み、また本詠の八年後、文永八年続百首にも、「袖ぬらすならひと聞きし秋をおきて夏の末野にむすぶ白露」（同四三六）と詠じている。常套的歌語として見過しがちな「袖ぬらす露はならひ」は、実は為家独自の、深甚な悲嘆の表現であったと思われる。

2

なにとしていまは我がよをすぐさまし神も仏もすてゝける身に　」二ウ

〔現代語訳〕

どういうふうにして、愛する娘を失った今は私の残世を過して行こうというのだろうか。神も仏も見捨ててしまった、この不幸な我が身であるのに。

〔語釈〕 **○よ** 生涯。**○すぐさまし** 過したらよいのか。「まし」は実現不可能に近い事に対する遅疑の思いをあらわす。

〔補説〕 正元元年（正嘉三、一二五九）為家六十二歳、三月十六日後嵯峨院から勅撰集（続古今）撰進の下命を受け、「六十あまり花にあかずと思ひ来て今日こそかかる春にあひぬれ」（中院詠草一九）と詠じた。ところが同年十一月八日、愛娘大納言典侍の夫、九条左大臣道良の病死に遭う。「いつのまに昔のあととなりぬらんただ夜の程の庭の白雪」（続拾遺一三〇八）。道良が二条家の嫡男であるにもかかわらず「九条」と呼ばれるのは、彼が為家に婿取られた形でその九条邸を本居とした故であろう。摂籙二条家との縁組は、遠祖長家の時代にも迫るべき、家格向上の足掛りであった。これを失った打撃は、娘を寡婦とした嘆きに加えて大きい。

その中にも続後撰に続き再度勅撰奉勅の重責を思い、翌文応元年（正元二、一二六〇）から二年にかけて七社百首を奉納して歌道加護を祈念したにもかかわらず、弘長二年（一二六二）九月、九条基家ら四名の撰者追加の命が下った。「玉津島あはれと見ずや我が方に吹き絶えぬべき和歌の浦風」（玉葉二五三六）。そして次の年、六十六歳にして大納言典侍の死を迎えるのである。「神も仏もすててける身」とは、これだけの背景を持った実感であった。

3

うしとおもひあはれとみても世の中にかはらぬそらのうらめしきかな

〔現代語訳〕（愛娘が煙となって昇ってしまったあたりを）辛く悲しいと思い、またいとしいと見ても、古歌に「世の中にかはらぬものは」と詠まれた月と同様、いつもと変らぬ姿の空の、何とも恨めしいことだ。

〔参考〕「数々に我をわすれぬものならば山の霞をあはれとはみよ」（古今八五七、閑院の五のみこ）「うしと思ふものから人の恋しきはいづこをしのぶ心なるらん」（拾遺七三二、読人しらず）「ありしにもあらずなりゆく世の中にかはらぬものは秋の夜の月」（詞花九八、明快）

〔語釈〕**○世の中にかはらぬそら**　参考詞花集詠の三四句を取り、第五句の「月」を、嘆息する時思わずふり仰ぐもの——「空」に変える事で、深い恨み、嘆きをあらわす。

〔補説〕火葬後の所感であろう。全く事務的、機能的に取り運ばれる現代の火葬場でも、事終って外へ出た時思わず空を仰ぐ心は、古人と同じではなかろうか。さりげなく裁ち入れた古歌の詞が、このような場合にも作者の手だれの程をごく自然に示している。

4

しばしだにおもひなぐさむものならばなみだかゝらぬ時やあらまし

」三オ

〔現代語訳〕

ほんの僅かの間でも、これだけはまあよかったと思って慰められるものがあるような悲しみであったならば、こんなにも涙がこぼれ落ちないひまもありそうなものを。（何を思っても慰められないから、涙の止る折はない）

〔参考〕「物をのみ思ひねざめの枕には涙かゝらぬ暁ぞなき」（新古今八一〇、信明）

〔語釈〕**○なみだかゝらぬ**　「掛らぬ」と「斯からぬ」（こんなふうでない）をかける。

〔補説〕以下四首、格別の事もない詠のように見えながら、実は古人詠を引きつつこれを打ち返した形で悲しみをうたう、為家独自の「證歌」活用の手腕を発揮した、巧みな歌である。

」三ウ

5

む《う》まるらむかたぞゆかしきさりともとおもふこゝろはうたがはねども

〔現代語訳〕
あの子が後世に生れるであろう場所はどこか、それが知りたいことだ。いくら何でもあんなよい子のことだ、極楽世界に生れかわるに違いないと思う心は、疑いはしないけれども。

〔参考〕「さりともと思ふ心も虫の音もよわりはてぬる秋の暮かな」（千載三三三、俊成）

〔語釈〕 **○むまるらむかた** 生まるらん方。死者が極楽世界に往生するか、あるいは成仏できず六道に輪廻するか、その行方。**○ゆかしき** 様子が知りたい。**○さりとも** いくらそうであっても。不本意ながら現状を認めた上で、なお将来に一すじの希望をつなぐ気持をあらわす。

〔補説〕 仏教心の有無にかかわらず、古今変らぬ親心。全くの俗談平語と見せながら、惻々たる悲愁の読者に迫るものがある。6・7詠も同様。

6

かへるべきみちとはさらにおもはねどすぐるひかずになを《ほ》ぞこひしき

〔現代語訳〕
やがて帰って来るはずの、旅の道に出で立ったのだとは、全く思ってはいないのだけれど、それでも過ぎて行く日数につけて、やはり恋しさがまさるよ。（旅ならば日数が過ぎれば帰って来るのに）

〔参考〕「かへるべき程をかぞへて待つ人はすぐる月日ぞうれしかりける」（後拾遺七二七、隆綱）

〔補説〕 参考詠は東にいる康資王母への贈歌で、月日の過ぎるのを惜しむ常識に反し、そのためにあなたの帰郷の日が近づくから嬉しい、の意。本詠はこれを再度逆転して悲しむ。

7

おもかげのこひしきばかりなげかれてたゞあけくれはねをのみぞなく　」四オ

〔現代語訳〕
生前の面影の恋しい事ばかりが悲しまれてならず、ただ朝に夕に、声を立てて泣くばかりだ。

〔参考〕「忘らるる時しなければあしたづの思ひ乱れてねをのみぞなく」（古今五一四、読人しらず）「あけくれは籬の島をながめつつ都恋しきねをのみぞなく」（新勅撰一三一三、信明）

8

かきくれてものおもふころの《は》秋のよの月もうき身のほかにこそきけ　」四ウ

〔現代語訳〕
心もまっ暗になって物思いに沈んでいる頃は、秋の夜の明るい月が出ているといっても、この辛い我が身とは縁のないよそ事として聞くことだ。

〔補説〕このあと、11・12と明月の歌が続く。典侍の死後の夜々の月が、いかばかり為家の心をさいなんだことか。そこからの逃避を願う一首。

9

ひるはゆめよるはうつゝとなげかれてさだめなきよぞさらにかなしき

〔現代語訳〕
（この不幸を）昼間は悪い夢かと思い、夜は（寝られぬままに）やはり現実なのだと嘆かれて、老少不定のこの世が今更ますます悲しいことだ。

〔参考〕「わが宿の梅の初花ひるは雪よるは月とも見えまがふかな」（後撰二六、読人しらず）

〔語釈〕　**○ひるはゆめ……**　昼間見るのは現実世界、夜見るのは夢の世界という常識を逆転した表現。

〔補説〕　上句は逆説的表現ながら、愛する者を思いもよらず失った実感を鮮かに表現している。下句は不明歌句の右に「さためなきよそさらにかなしき」と訂し、更にすべてを擦消してその上から改めて訂正。

10

を《お》くれゐてなげくよりなを《ほ》かなしさよおもひを《お》くにはこはまさる覧《らん》　」五オ

〔現代語訳〕

我が子に死におくれていて嘆く私より、なお悲しいことよ。亡くなった娘がこの世に思いを残す、その心を察するならば、（親の私よりも）幼い子供に対する思いの方が、よりまさっているであろう。（何と哀れなことか）

〔参考〕「とどめおきて誰をあはれと思ふらん子はまさるらん子はまさりけり」（後拾遺五六八、和泉式部）

〔語釈〕　**○おもひをく**　思い置く。あとに心を残す。

〔補説〕　幼な子を残して没した娘、小式部を悼む有名な和泉式部詠による作。第五句「る覧」は「りけん」の上に重ね書。推量を過去形から現在形に改訂したのは、為家筆原本の形を忠実に再現したものと思われ、典侍の存在を過去のものと割切れない為家の心を物語るものと言えよう。大納言典侍の遺児、九条左大臣女は、正元元年（一二五九）父道良没以前の出生と思われるから、少くとも五歳以上である。かつて私は、冷泉族譜により、正元元年に為家から「上﨟」と呼ばれ、所領を譲られている所から、建長三四年（一二五一〜二）頃出生、典侍死去現在十二三歳と考えた。のちの彼女の歌歴から見ても、この辺が妥当かと思われるが、なお夫の死前後に生れた年少の遺児もあったらしい。159「みどりご」参照。　」五ウ

11 おなじくはなを《（ほ）》てりまされ秋の月かくれし人のかげやみゆると

〔現代語訳〕

同じことなら、もっともっと明るく照ってくれよ、秋の月よ。（本当に鏡のように澄み切ったら）その中に亡くなった人の姿が映って見えるかと思うから。

〔参考〕「涙河のどかにだにも流れなん恋しき人の影や見ゆると」（拾遺八七五、読人しらず）

〔補説〕典侍の死を照らした十三夜の月は、十四、十五と光を増し、残された老父の悲しみをそそる。これに寄せてせめてもの願いを詠む二首。

12 なき人をにしにすゝめし秋の月光さやかにさしてみちびけ

〔現代語訳〕

故人を臨終に西方浄土に赴くようすすめて、その方角をさして傾いた秋の月よ。どうか光を明らかに照らして、極楽に導いておくれ。

〔語釈〕**○すゝめし**　臨終正念をすすめた。月を往生人を導く善智識に見立てる。**○さして**　「射して」と「指して」をかける。

〔補説〕168詠に見るところ、典侍の臨終は七月十三日朝日の昇る頃であったらしい。その床に射した十二日の月は、日の出に先立って西に沈んだであろう。それは西方浄土への先導とも、父の眼には映ったことであろうか。それが今は円満具足の中秋名月として空にかかる。これに対して祈る、切実な願い。

13 うしといひてこよひもあけぬなき人のいかなるみちにとを《（ほ）》ざかるらん

」六オ

〔現代語訳〕

辛い、悲しいと言って、又この夜も明けてしまった。（私がこのような夜昼をくりかえしているうちに）故人はあの世へとどのような道に遠ざかって行くのだろう。

〔参考〕「うしといひて世をひたぶるにそむかねば物思ひ知らぬ身とやなりなむ」（新古今一七四三、元輔）「独り寝のこよひもあけぬ誰としも頼まばこそは来ぬも恨みめ」（新古今一七三〇、為忠）

〔語釈〕〇いかなるみちに　天上・人間・修羅・畜生・餓鬼・地獄の六道の中のいずれの道に。

〔補説〕前歌と二首、死後の道をひとり辿る愛娘の姿をありありと思いうかべる。その行く先は弥陀の浄土と思いつつも、なお六道の辻に踏み迷いはせぬかと案ずる親心がいたましい。

」六ウ

ゆめならで又みるまじきかなしさにたのむよるさへねられやはする

〔現代語訳〕

夢でなくて、又とその面影を見る事もできないと思う悲しさのために、せめては夢の中で逢おうとそれだけを頼りにする、その夜さえ、寝られようか、寝られはしない。（だから夢に見る事すらできない）

〔参考〕「夢ならで又もあふべき君ならばねられぬいをも嘆かざらまし」（後拾遺五六五左注、相如）「この世にて又あふまじきかなしさにすゝめし人ぞ心乱れし」（千載六〇五、西行）

〔語釈〕〇みるまじき　「まじ」は推量の打消し。見られないであろう。

〔補説〕没後発見した愛娘の詠草を「秋夢集」と名づけた為家ではあるが、現実にはその夢をすら見ることのかなわぬ悲嘆に打ちひしがれていた。

15
あとしのぶ人のなげきのことはり《わ》に猶かなしきは・我が身なりけり

〔現代語訳〕
亡き人のあとを思い慕う人の嘆きを、まことに道理だと見るにつけても、一入悲しいのはそれをまで見なければならぬ我が身であるよ。

〔語釈〕 **○ことはり** 当然である事。道理。

〔補説〕「あとしのぶ人」とは遺児九条左大臣女（10参照）であろう。亡母を恋い泣く少女と、それを慰める言葉も持たぬ祖父との、相異なる悲傷の姿。この「人」を典侍の母、すなわち為家室頼綱女と考えるには、「ことはりに」がよそよそしすぎるであろう。なお47詠補説参照。

16
きく人のとひくるまゝにうしとみしわかれもいまの心ちのみして 」七オ

〔現代語訳〕
不幸を聞き知った人の弔問に来るにつけて、（その応接をするにつけても）辛いと思った死別もたった今の事のような感じがして、今更悲しい。

〔参考〕「かぞふれば昔語りになりにけり別れは今の心地すれども」（千載五八五、有仁室）「ありし世の別れも今の心地して鳥の音ごとに我のみぞなく」（続古今一一七九、為家）

〔補説〕弔問者があれば、対面して臨終前後の状況を語らざるを得ない。その度に悲しみを新たにさせられる事の嘆きである。参考有仁室詠は父の遠忌に際しての作で、悲痛さは本詠に及ばない。一方為家詠は本作との先後関係は不明、かつ恋歌ではあるものの、実は亡き典侍を恋うる哀傷歌ではないかと思われるほど、本詠歌群とトーンを等しくしている。

全編中、弔問者にかかわる詠は16 17 39 65 83 84 130 140 141 155 158 173 174 183 204 205 208の一七首、うち204は西園寺公相の贈歌である。それぞれの場合の心の揺れが、それぞれにきめ細かく表現されている。

」七ウ

17 ながらへてとひくる人にこたふればなげかぬほどのみえぬべきかな

〔現代語訳〕（故人のあとを追う事もならず）生きながらえて、弔問の人に応待していると、気丈にも嘆かない様子として見られてしまいそうだなあ。（それどころではない、悲しみを必死に堪えているにすぎないのに）

〔参考〕「おのづからあればある世にながらへて惜しむと人に見えぬべきかな」（千載一一一三、定家）

〔語釈〕 **〇みえ** 他から見られる意。

〔補説〕 前歌と二首、誠意ある弔問そのもののむごさ、生き残った者の辛さを語りつくしている。

18 いかにせんふるきなげきのたぐひにもな《ほ》をたちまさるむねのけぶりを

〔現代語訳〕 ああどうしたらよかろう、古い昔の死別の例を思いくらべても、なおそれにもまさる心中の激しい悲嘆の思いを。

〔参考〕「浮舟に乗りてうかる、我が身には胸の煙ぞ雲となりける」（高遠集二四七）

〔語釈〕 **〇なげき** 「投げ木」（火に投ずる雑木）をかけ、以下火・煙と続ける。**〇たぐひ** 同類。実例。「たく火」をかける。**〇むねのけぶり** 心中の苦悩。「たく火」の縁で「煙」という。

〔補説〕「胸の煙」は恋の思いについて用いる例がほとんどで、死者への思いに用いるのは参考高遠詠のみである。「古き嘆き」とは1に述べたごとく、父定家の死をさすであろう。

19

うしとてもわかれにのこるつれなさをありあけの月に事《（言）》やつてまし 」一八オ

〔現代語訳〕

あの臨終の暁を、つくづく恨めしく思いつつも、その別れに当りこの世に残ってしまった、無情とも見える私の真の悲しみを、夜が明けても空に残る有明の月に言づけてあの子に伝えたいものだ。（それができたら、幾分かこの胸も晴れるだろうに）

〔参考〕「有明のつれなく見えし別れより暁ばかりうきものはなし」（古今六二五、忠岑）

〔語釈〕**○つてまし**　伝てまし。伝えたいのになあ。「まし」は反実仮想。

〔補説〕一見難解であるが、忠岑詠に全面的に依拠しつつ、十三日死別以後の煩悶を、十六日以後の有明の月に託したものである。月齢で時の経過を巧みに示しつつ、ありながら光を失い消える有明月に、娘の面影を重ねる。

20

おもかげをわすれかねてはつく〴〵とわかれしひよりねをのみぞなく 」一八ウ

〔現代語訳〕

愛娘の面影を忘れるに忘れられぬまま、ただなす事もなく、別れた日から声を立てて泣くばかりだ。

〔参考〕「忘らる、時しなければあしたづの思ひ乱れて音をのみぞなく」（古今五一四、読人しらず）「妹が袖別れし日より白妙の衣かたしき恋ひつ、ぞ寝る」（新古今一三五九、読人しらず）

〔語釈〕 ○つく〴〵と　為すすべもなく無気力なさま。

21

たのむぞよかげのかたちにしたがはゞなにのいろかゝ身にとまるべき

〔現代語訳〕

普賢《ふげん》菩薩の御誓願をお頼みいたします。影が常に形に寄りそうように、常に衆生に寄りそって教え導いて下さるという、恒順衆生願に一切をおまかせするならば、この世の何の色香、誘惑が身にとどまって、娘の成仏を妨げる事がありましょうか。

〔参考〕「復次善男子。言恒順衆生者。（中略）以大悲心。随衆生故。則能成就供養如来。菩薩如是随順衆生。虚空界尽。衆生界尽。衆生業尽。衆生煩悩尽。我此随順無有窮尽。念念相続無有間断。身語意業無有疲厭」（華厳経巻第四十、普賢行願品）

〔補説〕華厳経、普賢行願品による詠。そこに説かれる普賢十誓願の第九、恒順衆生願によった詠であろう。普賢菩薩はすべての衆生に対し、それぞれの種別に応じて恒に随順し、暗夜の中の光明のように導き恵み、諸仏に供養する。これにより衆生は煩悩を滅し、成仏に至るという。

22

とを《ほ》ざかるひかずにそへてなげくかなすゝめしみちはうたがはねども　」九オ

〔現代語訳〕

亡くなった日から、どんどん遠ざかって行く日数に添えて嘆き加えることだ。この世に思いを残さず成仏するようにすすめた、極楽への道は疑いはしないけれど。

〔参考〕「この世にて又逢ふまじき悲しさにすゝめし人ぞ心乱れし」（千載六〇五、西行）
〔語釈〕**○すゝめし**　臨終正念をすすめた。
〔補説〕「日数に添へて嘆く」——日がたつにつれて嘆きもまさる、という表現は、ありそうでいて為家以前には見られない。

」九ウ

23

かへりくるこの世のほと《たび》のほどだにも日かずゝ《（す）》ぐればこひしかりしを

〔現代語訳〕
帰って来るに違いない、現世での旅の僅かな間でも、日数が過ぎ重なればまだ帰らないかと恋しかったのに。（まして帰り来ぬ旅に出てしまった人の恋しさは何といったらよかろう）
〔補説〕為家には珍しい、率直なただこと歌で、稚拙とすら見える点が、むしろ哀切である。

24

を《（お）》のづからつらかりきとも思ひいではさのみなげきはかなしからじを

〔現代語訳〕
たまたまには思いやりのない仕打もあった、とでも思い出す事があったら、こんなにも私の嘆きは深く悲しくはあるまいものを。（いやな思い出一つないから、こんなに悲しいのだよ）
〔語釈〕**○をのづから**　ひょっとして。たまたまにでも。
〔補説〕修辞上の関係は全くないが、「今はたゞそよその事と思ひいでて忘るばかりのうき事もがな」（後拾遺五七三、和泉式部）の心境である。

25

思ひわびよしやこむよのしるべぞとたのむにつけて猶ぞかなしき　［一〇オ］

〔現代語訳〕

ほとほと悲しみに耐えかね、ああこれは仕方がない、私の来世に赴く時の道案内として先立ったのだと、それをせめての頼みとするにつけて、やはり悲しいことだ。

〔参考〕「千早ふる神に手向くる言の葉は来む世の道のしるべともなれ」（長秋詠藻四七二、俊成）

〔語釈〕○よしや　不満足だが仕方がない、とあきらめ、自ら慰める気持。○こむよ　来む世。来世。

〔補説〕格別の信仰心はない現代の我々でも、愛する者を失った時、悲しみの中にも、「あの世で待っていてくれる、もう死んでもこわくない」と考えるのは珍しからぬ心理であろう。そう思う事が更に悲しい、というのも当然の人情である。

26

あはれなどおなじけぶりにたちそはでのこる思ひの身をこがすらん　［一〇ウ］

〔現代語訳〕

ああどうして、我が子の火葬に伴って同じ煙として空に立ち昇らないで、この世に残る悲しい思いのために身を苦しめるのだろう。

〔参考〕「限りあれば、例の作法にをさめたてまつるを、母北の方、同じ煙にのぼりなむと泣きこがれたまひて」（源氏物語、桐壺）

〔他出〕続古今集一四六一、大納言典侍身まかりてのころよみ侍りける。中院詠草一一三、大納言典侍身まかりての比建長七年。沙石集八九、大納言為家卿、最愛の御女におくれ給ひて、かの孝養の願文の奥に、「あはれげに同じ煙と立ちはてで残る思ひに身をこがすかな」

〔語釈〕 **○思ひ** 「火」をかけ、「煙」「こがす」と縁語関係をなす。

〔補説〕 為家の大納言典侍悼歌中、最も知られた一首。中院詠草の注記「建長七年」は典侍没の八年前であり、おそらく「長」とのみ記された「弘長」の誤認と、「三」から「七」への誤写による異伝本文と思われる。桐壺巻の引用に、おそらくこれまで何十回となく読み親しんで来たであろう源氏物語への、新たな切々たる共感が感じられる。沙石集の異文については、「単純な錯誤とも断定はできず、あるいは定稿以前の願文における本文であったかもしれない」（佐藤）との見解がある。

いまもよにあるをありとはたのまねどなきがなきこそかなしかりけれ

〔現代語訳〕

今現在この世にある人を、いつまでもあるものと頼みにするわけではないが（世間無常の理はわかっているつもりだが）、でもやはり、亡き人がこの世にない事が悲しくてならない。

〔参考〕 「みる程は夢もたのまるはかなきはあるをあるとて過ぐすなりけり」（和泉式部集二六八）「はかなくもなきをなしとて嘆くかなあるをあるともたのむべきかは」（重家集三七八）

〔補説〕 これまで一往理解していたつもりであった参考詠が、今更身にしみて思い当った悲しみである。「あるをあり」「なきがなき」の反復をはじめ、秋思歌全般に見られる豊富な古歌引用（證歌）は、知的技巧ではなくして、身を切るような実感をもって既知の古典と対峙し、作品化し、そこに悲しみとともにかすかな慰謝をも感じている為家の姿を髣髴とせしめるものである。

28

心にははなる丶時もなけれどもわかれはひゞにうとくなりつ丶　」一一オ

〔現代語訳〕

私の心には、あの子の面影は離れる時もないのだけれど、別れというものの悲しさには、その生きていた時は日に日に遠いものになって行くことだ。

〔参考〕「山里は人来させじと思はねど問はる丶ことぞうとくなりゆく」（新古今一六六〇、西行）

〔語釈〕**○うとく**　疎遠に。

〔補説〕「別れは日々にうとくなりつゝ」とは、まことに愛する者を失って生きる実感である。

29

わすれずよす丶めしみちにくろかみのをはりみださできえしすがたは　」一一ウ

〔現代語訳〕

決して忘れはしないよ、十念を正しくして極楽往生せよとすすめたその道に、あの黒髪の末一つ乱れないように、臨終正念を乱さず美しく消えて行った姿は。

〔語釈〕**○くろかみの**　有髪の尼であった典侍の姿をさす。「みだす」を出すための序詞。

〔補説〕典侍の遺髪に関する詠はこのあと73・74・87・148に見られ、74詠にかかわる沙石集の記事と87詠によって、その髪をもって「南無阿弥陀仏」を梵字で刺繍して供養した事が知られる。

30

いまは我まどろむ人にあつらへてゆめにだにこそきかまほしけれ

〔現代語訳〕

夜も眠れず嘆く今は、私はせめて、うとうととでも寝られる人に頼み込んで、その人の夢にだけでも、あの子の消息を聞きたいものだ。

〔参考〕「吹く風にあつらへつくるものならばこの一本は避きよと言はまし」（古今九九、読人しらず）

〔他出〕拾遺風体和歌集二一八、後嵯峨院大納言典侍身まかりけるころ。

〔語釈〕　**○あつらへて**　自分の欲する物事を他人に注文して。

31　なき人のこひしき秋の山ざとはたゞひぐらしのねにのみぞなく　」一二オ

〔現代語訳〕

故人の恋しくてならぬ、秋のこの山里では、庭ではただ蜩が声の限り鳴き続け、内では私が日暮し声を出して泣くばかりだ。

〔参考〕「今こむといひて別れし朝より思ひぐらしのねをのみぞなく」（古今七七一、遍昭）

〔語釈〕　**○山里**　喪籠の場所、嵯峨の為家邸。**○ひぐらし**　「蜩」と「日暮し」をかける。

〔補説〕喪籠中の為家の姿と心情とをさながらに描出する。哀切な蜩の声に領せられた嵯峨山荘のたたずまいも目に浮ぶような詠である。

32　ふかぬより風にしたがふ草ならばきゆともつゆのさはりあらすな　」一二ウ

ふどう

〔現代語訳〕

まだ風の吹かぬうちから、風が吹いたら従順にその方向になびく性質を持っている草のように、生れつき素直に御仏の教えに従う心を持つ娘であるとお認め下さるならば、この世から消え去るとしても、浄土に生れかわる事に露ほどの障害も置いて下さいますな。

〔語釈〕 **〇つゆ** 「草」の縁語「露」に、「ほんの少し」の意をかける。「風」「消ゆ」も縁語。「草露」ははかない命にもたとえられる。

〔補説〕 不動は慈救呪をもって魔縁を払い、衆生を護るという。それに頼って成仏を願ったもの。不動と風・草の関係は未勘であるが、火焔を負った不動の像容は強風とそれになびく草を連想させ、一方「吹かぬより風に従ふ草」は温順可憐な故人典侍を象徴して、為家の親心を髣髴たらしめる。

うきならひつらきためしのよにこえてこのわかれこそかなしかりけれ

〔現代語訳〕

思うにまかせぬ世の定め、恨めしい事ばかりの世の常とは言いながら、通常のそれらにも越えて、この愛娘との別れこそ本当に悲しいことだ。

〔参考〕 「世にこゆる願ひは胸のはちすにて頼むよりこそ又向ふらめ」（新撰六帖二〇〇七、為家）

〔語釈〕 **〇この** 「此の」と「子の」をかける。

〔補説〕 「世に超えて」「世に超ゆる」は彌陀の超世の願をあらわす語で、その意味でも用例は僅少。この語を仏説讃嘆とは全く異なる、「世間並とは超絶した悲しみ」意に用いた所に、深甚の悲傷がこもる。

34

のべにをく《お》人のいのちのつゆばかりかゝるわかれをおもひかけきや

」一三オ

〔現代語訳〕

野原に置く露と同じぐらいはかない人の命とは知りながら、本当に露ほども、こんな意外な悲しい別れがあるとは思いもかけたろうか。（いや全く思いもしなかった）

〔参考〕「野辺におく露のなごりも霜がれぬあだなる秋の忘れがたみに」（続後撰四八一、通具）

〔語釈〕 **○つゆばかり** はかない人の命を形容する「露」と、「ほんの僅かでも」の意の「つゆばかり」とをかける。「かけ」も露の縁語。

〔補説〕「野辺におく」は歌語としては珍しく、勅撰集では為家自ら撰んだ続後撰通具詠の一例のみ。他にも用例は稀である。平凡な詠のように見えるが、「野辺におく人の命の露」という言いまわし、またそれが「露ばかり」という副詞にかかって来る巧みさは、為家独自の技巧である。

35

なき人をいのるみのりのまことあらばをくる《お》こゝろをあはれとやみん

」一三ウ

〔現代語訳〕

故人を極楽にお迎え下さいと祈る、仏法にすがる思いの真実を認めて下さるならば、送り出す私の心を、御仏もいとおしいと見て下さることだろうか。（どうぞそれに免じて成仏させて下さい）

〔補説〕 上句の言葉続きは為家独得。成仏を祈る親心が流露している。

36
ちかひをきてかげのかたちにはなれずはすゝめしみちのしるべをもせよ
ふげん

〔現代語訳〕
大誓願をお立てになって、影が形から離れないように、仏道信者の身から離れまいと思っていらっしゃる普賢菩薩ならば、日頃おすすめになった極楽浄土への道の、道案内をもして下さいませ。

〔補説〕 21詠と同じく、普賢の恒順衆生願による。「すゝめし道のしるべをもせよ」には、同品末段、「又復是人、臨命終時、最後刹那、一切諸根悉皆散壊、一切親属悉皆捨離、……唯此願王不相捨離」が意識されていよう。

37
あとたるゝたのみはなきにわれなしつみちびくもとのちかひたがふな
ぢざう　」一四オ

〔現代語訳〕
衆生を救うために仮に神となって姿をあらわして下さるという仏菩薩への頼みは、もう（神も仏も無いものかと嘆かずには居られない私には）ないものと、私は（自分自身の心から）してしまった。こんな罪深い人間でも極楽に導いて下さるという地蔵菩薩よ、その本誓を、どうか違えて下さいますな。

〔語釈〕 **○あとたるゝ**　垂跡。仏が仮に神になってあらわれること。

〔補説〕 地蔵は釈迦滅後、弥勒下生までの中間の世にあって、衆生の苦を抜くという。「若随悪趣受大苦時、汝当憶念、吾在忉利天宮、殷勤付属、令娑婆世界至弥勒出世已来衆生、悉使解脱永離諸苦、遇仏授記」（地蔵本願経）。これが「もとのちかひ」であろう。すべてを信じられなくなった老父の、藁にもすがる思いの悲痛な祈りである。

38 いまはわれこのよのことをいのりしをもとのちかひにまかせてぞやる

〔現代語訳〕
今となっては私は、わが子のこの世の幸福を祈った心を改め、すべての人を救う御仏本来の大誓願にまかせて、あの子を送り出すことだ。

〔語釈〕 **○このよ** 「子の世」と「此の世」をかける。 **○もとのちかひ** 本願。仏菩薩が過去世において衆生を救おうとして立てた誓願。

〔補説〕 親の愛をもって与えようとした現世的幸福から、仏の慈悲による永遠の静安へと、我が心を納得させようとする。

」一四ウ

39 ことの葉ゝ《は》とはるゝだにもなきものをこたへがほにもちるなみだかな

〔現代語訳〕
言うべき言葉は、弔問されてさえもありはしないのに、さもさも弔詞に答えるかのように散りこぼれる涙よ。

〔他出〕 中院詠草一二四、人のとぶらひて侍りし時。井蛙抄二七七、大納言典侍早世時。ともに第一・二・三句「とはれてもことの葉もなきかなしさを」。

〔語釈〕 **○こたへがほ** さも応答するような様子。 **○ちる** 「ことの葉」の縁語。

〔補説〕 本詠は草稿段階の本文、中院詠草のそれは定稿であったはずで、本詠の形は完成度が劣るとされる（佐藤）。しかしそれだけに、詠出時の生々しい悲しみは本詠の方に脈打っていると言えよう。

40
あはれまづそでこそぬるれ思ひねのまどうつあめのを《お》とをきくにも　」一五オ

〔現代語訳〕ああ、忽ちすぐに、涙で袖がぬれることだよ。亡き人を思いつつ寝る床の窓を打つ、雨の音を聞くにつけても。（雨でぬれるわけではなくて）

〔参考〕「旅ゆかば袖こそぬるれもる山のしづくにのみはおほせざらなん」（拾遺三四一、読人しらず）「耿耿残灯背壁影　蕭蕭暗雨打窓声」（和漢朗詠集二三三、上陽人、白）「恋しくは夢にも人を見るべきを窓うつ雨に目をさましつつ」（後拾遺一〇一五、高遠）

41
いかにしてなを《ほ》しも道をすゝめましこゝろやすくはゆめにみつれど　」一五ウ

〔現代語訳〕どんな供養をして、この上にも一層娘の成仏への道をすすめたらよかろうか。心配するに及ばず往生したと夢には見たけれど。

〔語釈〕**○なをしも**　猶しも。「しも」は強調の副助詞。**○まし**　仮想適当の意をあらわす助動詞。「……たらよいだろうか」。

〔補説〕どこまでも子を案ぜずにはいられない親心。

42
とにかくにあけくれみえしを《お》もかげのしばしはなるゝ時のまもなし

〔現代語訳〕

あれやこれやと、朝に夕に見なれたあの子の面影は、少しの間も私の心を離れる時間もない。

〔参考〕「別れても今日よりのちは玉匣あけくれみべきかたみなりけり」（貫之集七六二）

〔補説〕参考歌は旅の餞別にする櫛の箱に添えた歌ゆえ、「匣《くしげ》↓明け↓筺《かたみ》（形見）」の縁語続きだが、これを現実の真情に取りなす。

43

世のつねにおもひを《（お）》かれんかなしさをかねてしりてやさきだちにけん

」一六オ

〔現代語訳〕

世間の常として、親である私に、思いを残しながら逝かれてしまう悲しさを、あの子は前もって知っていたから、（その辛さを味わうまいと）自分の方が先立ってなくなったのだろうか。

〔参考〕「小笹原風まつ露の消えやらずこのひとふしを思ひおくかな」（新古今一八二二、俊成）

〔語釈〕**○おもひをかれんかなしさ**　（親が死に際し、子たる自分に）執念を残して逝き、そのために成仏できないであろうと思う悲しさ。

〔補説〕参考歌は詞書に、「病限りにおぼえ侍りける時、定家朝臣中将転任のこと申すとて、民部卿範光もとにつかはしける」とある。定家の任中将は建仁二年（一二〇二）閏十月、時に四十一歳。俊成八十九歳の老体病身でなおこの詠があった。これをめぐる親子それぞれの思いを今身に引きあてての作と見るのは、深読みにすぎようか。

44

なきあとになぐさむれどもかなはぬはおもかげこふるなみだなりけり

」一六ウ

〔現代語訳〕

亡くなったあとに、どんなに思い慰めても思うように止ってくれないのは、故人の面影を恋い慕って流れる涙であるよ。

〔補説〕「面影恋ふる」は新編国歌大観に用例皆無の句。このように、言葉自体は何の奇もなく見えながら、言葉続き、句あしらいのあり方が独自である、というのが為家詠の特色、平凡の非凡たる所以である。

45

さりともとすゝめしみちはなぐさめどほどふるまゝになを《ほ》ぞこひしき

〔現代語訳〕いくら何でもよい所へ行ったに違いないと、すすめ遣った極楽への道は心慰めになるけれども、時がたつにつれてやはり恋しい思いはつのることだ。

〔補説〕22詠参照。

46

とはるべきわがのちのよとおもひしをいかにさきだつなみだなるらん 」一七オ

〔現代語訳〕あの子に弔ってもらうはずの、私の後世であると思っていたのに、どうしてその子が先立ってしまい、私の方が涙のまず先立つような悲しみにくれる事になってしまったのだろう。

〔語釈〕**○さきだつ**　典侍の早世の意と、自身の「涙が先に立つ」意とをかける。

〔補説〕これも逆縁を見た親に普遍の思いであろう。 」一七ウ

47
たれもみなこひしきたびにかたりいでゝを《(お)》のがさま〴〵ねをのみぞなく

〔現代語訳〕
誰も彼も皆、恋しいと思ぅ度に故人の事を話し出して、自分々々さまざまの思い出に声をあげて泣くことよ。

〔参考〕「今までに忘れぬ人は世にもあらじおのがさま〴〵年の経ぬれば」（伊勢物語一五六、男）

〔補説〕 喪籠の人々の状況をうたぅ歌。しかしここに、その中心たるべき故人の生母の姿は特筆されない。のみならず全編を通じて、作者が典侍の母なる正妻頼綱女の悲しみを叙し、或いは共に悲しみを分ち慰め合ぅものと特定される詠は見られないように思われる。ただ僅かに「老の身の嘆きながらにあらるゝ」人の姿がうたわれる（151）が、それが頼綱女をさすとすれば、老いの果てに愛娘を失った老夫婦の交情としては冷いと言わざるを得ない。為家は建長五年（一二五三）続後撰集奏覧後、典侍の仲介によって阿仏と識り、正嘉二年（一二五八）頃定覚をあげたらしく、典侍没当時は為相誕生、あるいは懐胎中である。頼綱女とはすでに疎隔し、文永四年（一二六七）以前に離婚。このような関係において、頼綱母が娘の死により夫と共に喪籠したか否か明らかでないが、作中、その存在の全く稀薄な事は事実である。

48
さらに又おもひあはする事ごとにゆめかとのみぞねはなかれける

〔現代語訳〕
今更のように又、思い当る事のあれこれにつけて、これは悪夢ではないかとばかり、声を立てて泣けてしまぅよ。

〔参考〕「さめぬれば思ひあはせて音をぞなく心づくしの古の夢」（新古今一九〇五、慈円）「わくらはにまれなる人《かな(新勅撰)》の手枕は夢かとのみぞあやまたれける」（新勅撰九二九、恒興女）「あひ見てもつゝむ思ひのわびしきは人間にのみ

ぞ音はなかれける」（後撰七九〇、有好、新勅撰八一八、伊勢）
〔語釈〕 **○おもひあはする事**　あとになって思い当る、早逝の予兆。
〔補説〕 慈円詠は詞書「北野に奉りける」とあり、道真の昔を思いやった歌。建久の政変にかかわるか。本詠はこれを個人的悲嘆に引き直している。

49

を《お》くりやるのりのたむけをかへりみよわかれのみちはとを《ほ》ざかるとも　」一八オ

〔現代語訳〕
　作善のために贈る、御仏に捧げる供物をふりかえって見てくれよ、別れて行く道はどんどん遠くなっても。
〔語釈〕 **○たむけ**　旅の安全を祈る道祖神への供物。また旅立つ人への餞別。「道」と縁語関係をなす。また広く神仏への供物。
〔補説〕 勅撰集では、「手向け」の語を仏に関して用いたのは、「色々の花の匂ひを朝ごとによもの仏に手向けつるかな」（続古今八〇八、証恵）のみであり、「法の手向け」の語もはるか後世に二例（尊円法華経百首八三・大江戸倭歌集二〇〇三、斉省）を見るのみである。

50

うつり行く時のつゞみのを《お》とごとにわかれのとを《ほ》くなるぞかなしき　」一八ウ

〔現代語訳〕
　移って行く時を知らせる鼓の音がする度に、死別した日の遠くなって行くのが悲しいよ。
〔参考〕「打ちなせる時のつゞみはかはれどもねすぎて聞けば今の世もうし」（為家集一二五五、文永六年四月二十七

日）
〔他出〕夫木抄一七〇二三、家集、無常歌中。
〔語釈〕**〇時のつゞみ**　時刻を知らせるために打つ大鼓。漏鼓。時の推移の象徴。「宮門局、（中略）凡夜漏尽、撃漏鼓而開、夜漏上水一刻、撃漏鼓而閉」（唐書百官志）
〔補説〕「時のつゞみ」は為家独自の歌語。参考詠は「子・丑」をかけた戯歌だが、本詠のそれは生々しい悲傷を具象的に示して哀切。

51

あふ事はおなじはちすとたのめどもへだつるほどはなを《ほ》ぞこひしき

〔現代語訳〕
いずれ逢う時には、西方浄土で同じ蓮の上、とそれを頼みにするけれども、隔てて逢うことの出来ない間はやはり恋しくてならない。
〔参考〕「六つの道みちびく果は一つにて同じはちすの露もかはらず」（為家集一七五七、文永元年三月十日）
〔語釈〕**〇はちす**　極楽往生した者がすわる蓮台。「同じはちす」は浄土での再会を意味する。
〔補説〕「おなし」の「お」は「を」の上に重ね書。参考詠は野寄法印供養のため、故人の師房全僧正と唱和、経料紙とした連作中の一首。

52

もの思ふなみだをしるやをぐら山しぐれもまたぬ庭のもみぢば　」一九オ

〔現代語訳〕
悲嘆の思いにくれている私の涙の有様を見て、もう秋も深まったと早合点したのだろうか、ここ、小倉山では、時雨が降るのも待たずはや赤く色づいている、庭の紅葉葉よ。

〔参考〕「小倉山時雨る丶頃の朝な〳〵昨日はうすきよもの紅葉葉」（続後撰四一八、定家）

〔語釈〕**○をぐら山**　小倉山。喪籠所である、定家以来の嵯峨山荘をさす。1〔参考〕に示した定家三年の仏事もここで営んでいる。

〔補説〕時は未だ七月末。早くも赤みのさした一葉二葉の病葉を見ての感懐。31詠からの日数の移ろいが感じられる。

53

おもかげはあるをみてだにあかざりしおいのわかれの秋のねざめよ

」一九ウ

〔現代語訳〕愛娘の面影は、在世の時すら見ても見ても厭かぬいとしいものだったのに、年老いてそれに別れてしまった秋の寝覚の、尽きぬ思いよ。

〔参考〕「時しもあれ秋やは人の別るべきあるを見るだに恋しきものを」（古今八三九、忠岑）

〔補説〕次詠と二首、古歌を巧みに取った老父の歎きである。三代集がいかに為家の骨肉となっていたかを知るに足る。

54

いかにせんたゞめのまへのおもかげに思ひいづればおつるなみだを

〔現代語訳〕ああどうしたらよかろう。ただ目の前に浮ぶ面影の恋しさに、思い出せば直ちに落ちるこの涙を。

〔参考〕「行く先を知らぬ涙の悲しきはたゞ目の前に落つるなりけり」（後撰一三三二、済）

〔補説〕「行く先」と「目の前」の対比を趣向とする古歌を引きつつ、これを眼前を離れぬ故人の面影に取りなす巧みな詠。

55

きりにとぢかすみにのぼるを《お》もかげはとてもかくてもたゞぬまもなし 」二〇ォ

〔現代語訳〕

たしかに見ようとすれば霧に閉じられ、また霞となって立ちのぼる愛娘の面影は、いかようにしても目の前に浮ばぬ間もない。

〔参考〕「かくてこそまことに秋はさびしけれ霧とぢてけり人の通ひ路」（月清集二〇六、良経）「しのゝめや関の岩かど霧とぢて鳥の声にもなほあけぬかな」（拾玉集五四四、慈円）

〔語釈〕○たゞぬ　顕たぬ。「霧」「霞」の縁語「立つ」をかける。

〔補説〕縹渺としてまなかいに立っては消える故人の面影を、「霧にとぢ霞にのぼる」と表現したのは、類例のない為家の独創であり、特に「霞にのぼる」は新編国歌大観中にも用例を見ない。雲となり雨となった巫山神女の面影よりも更に可憐哀切で、典侍にふさわしい美しい言いまわしである。

56

世のつねのわかれなりせばを《お》のづからなげくこゝろもなべてならまし 」二〇ウ

〔現代語訳〕

世間普通の死別であったならば、自然、嘆く心も一般の程度でもあろうが。（全く思いがけぬ別れであったために、

私の悲嘆はくらべるものがない程だ）

〔語釈〕 **○なべて**　普通程度。

〔補説〕「世のつねのわかれ」とは年齢の順に従った死別を言うのであろうが、同時に長期病臥による半ば予期された死別とも考えられ、典侍の死がそれならぬ全く意外なものであった事が推測される。

57

山ざとに松ふくあきの風のお《を（お）》とはもの思はでもすみうかりしを

〔現代語訳〕

この嵯峨の山里で聞く、松に吹く秋風の音は、物思いのない時でも住みにくい淋しいものと思われたのに。

（今の淋しさは何にたとえようもない）

〔参考〕「そのことと思はぬ暮もかなしきは松吹きわたる嵐なりけり」（為家集一〇八三、元仁元年藤川題百首）「小倉山松吹く風は聞きなれて都の夢ぞ遠ざかりゆく」（中院集三九、文永三年十二月十一日）

〔補説〕為家は二十七歳の藤川百首から晩年まで、くりかえし「山里の松風」を詠んでいる。そこに寄せる思いも、彼の人生にそってさまざまに変遷する様相がしのばれる。

58

なみだがはながる、水はかへりこですぐるひかずにねをのみぞなく　」一二ォ

〔現代語訳〕

涙の川の、流れる水は帰って来なくて、それと同様帰ることなく過ぎて行く日数のつれなさに、声を出して泣くばかりだよ。

〔参考〕「涙川流る、みをのうきことは人の渕瀬を知らぬなりけり」（続後撰八九六、光孝天皇）「先立たぬ悔いの八

59

千度かなしきは流る、水のかへりこぬなり」（古今八三七、閑院）

」二一ウ

を《お》のづからわすれんと思ふこゝろにもかなはずを《お》つるわがなみだかな

【現代語訳】

全く自分勝手に、何とかして忘れようと思う心にも従わず、いつまでも落ち続く私の涙であるよ。

【参考】「いかにして忘れんと思ふ心にもなほかなはぬは涙なりけり」（新拾遺一二七七、親清女）「よしさらば忘れんと思ふ心より見し面影もおどろかしつゝ」（紫禁和歌集一一八一、順徳院）

【語釈】**○おのづから**　自然に、ひとりでに。「落つる」にかかる。

【補説】親清女は文永二年三十歳ぐらいかとされる（井上宗雄『鎌倉時代歌人伝の研究』）から、弘長三年は二十八歳程度。為家の影響歌かは不明。恋部に入っており、本作の私的性格と思い合せれば偶然の一致か。なお「をつる」は不明二字の上に重ね書。

60

ときを《お》けるほとけのみのりまことあらばを《お》くるにつけてあはれとはみよ

【現代語訳】

衆生往生を説いておかれた御仏の説法が真実であるならば、亡き人を供養し送るにつけて、私の心を御仏もあわれと見て下さい。（どうぞそのお言葉通り娘が成仏しますように）

【参考】「ときおけるみのりの文をあはれわが悟りひらきて見るよしもがな」（夫木一五〇七三、宗尊親王）

61
かけざりしものなりながらたまかづらたゞを《（お）》もかげをこひぬまもなし　」二三オ

〔現代語訳〕（このような別れをするとは）まことに思いもかけなかった事ではあるが、（その「かけ」に縁ある玉鬘ではないが）ただ亡き人の面影を恋い慕わぬ時の間もない。

〔参考〕「かけざりしむそぢの霜にながらへてさらぬ別れの遠ざかりぬる」（長秋草一九五、俊成）「我が宿のものなりながら桜花散るをばえこそとゞめざりけれ」（新古今一〇八、貫之）「さてもなほ面影たえぬ玉かづらかけてぞ恋ふる暮るゝ夜ごとに」（続拾遺一〇六八、後鳥羽院）

〔語釈〕○**かけざりし**　全く思いがけなかった。○**なりながら**　でありながら。○**たまかづら**　玉を連ねた髪飾り。頭にかける事から、「かけ」「影」の縁語。故人の美容をも暗示するか。

〔補説〕参考俊成詠は、建久四年（一一九三）妻美福門院加賀没の時、定家の「たまゆらの露も涙もとゞまらずなき人恋ふる宿の秋風」（新古今七八八）に対する返歌の一。「ものなりながら」にも貫之詠の不如意・悔恨の思いが反映している。

62
おもかげのわするゝひまもあるべきになにものごとにおどろかすらん　」二三ウ

〔現代語訳〕面影をちょっとでも忘れる時があってもよさそうなものなのに、何で見るもの聞くものごとに思い出をうながすのだろう。

〔参考〕「恨みかねわするゝひまもありぬべしたゞ面影のなからましかば」（親盛集七二）「夢とのみ思ひなりにし

世の中をなに今更におどろかすらん」（拾遺一二〇六、成忠女）

〔語釈〕**○おどろかす**　注意・関心を呼び起す。

〔補説〕親盛集は寿永百首の一。拾遺詠は伊周母高内侍の悲歌。いずれも為家の共感を深く呼ぶものであったであろう。

63

かへりこぬ人のわかれのかなしきになにまつむしのねをそへてなく

〔現代語訳〕

帰って来ない人の別れの悲しさに思い沈んでいるのに、何で「人を待つ」という名の松虫が声を添えてなくのだろう。（待っても帰る事はないと知っているのに）

〔参考〕「先立たぬ悔いの八千度かなしきは流るゝ水のかへりこぬなり」（古今八三七、閑院）「我が宿のむぐらの露は消えなくになに松虫の声聞ゆらむ」（寛和二年内裏歌合二六、惟成）「おのが名も忘るゝ程にたえにしをなに松虫のこゝに鳴くらむ」（現存和歌六帖三五六、鷹司院新参）

〔語釈〕**○まつむし**　「待つ」をかける。

〔補説〕「なに松虫の」は平凡な歌語のように見えるが、実は参考二詠以外に用例がない。

64

うちたえてなみだかたしく秋のよのながきおもひはねであかしつゝ　」一三ォ

〔現代語訳〕

ああただもう一向に、涙片手に一人寝る秋の夜の長さ同様、長く尽きぬ悲しみの思いゆえ、全く眠る事もせずに明かし明かしすることだ。

〔参考〕「散らすなよ涙かたしく枕よりほかには恋を知る人もなし」（為家千首六一〇）「一人のみ涙かたしくとことはに通ひし人は昔なりけり」（同七九〇）「きりぐ〵すいたくな鳴きそ秋の夜の長き思ひは我ぞまされる」（古今一九六、忠房）「かくばかりねであかしつる春の夜にいかに見えつる夢にかあるらむ」（新古今一三八五、能宣）

〔語釈〕○うちたえて　もう全く。一向に。下の「ねで」にかかる。**○かたしく**　片敷く。男女共寝の折は二人の衣を重ねて敷くが、一人寝のため自分の衣だけを敷いて寝る意。「涙片敷く」で涙ながら一人寝する意となる。

〔補説〕「涙かたしく」は「かたしき」の形で、民部卿家歌合二一二家隆詠・千五百番歌合一三〇七家長詠に見える以外前例がないが、為家は早く千首に二回使用している。第三句以下は古歌を巧みに引用して真情を表出。

なげくべき身のことは《(わ)》りもいまさらに人のとふにぞ思ひしらるゝ　」一三ウ

〔現代語訳〕

親だもの、嘆くのは当然だ、という我が身の道理も、今更のように人の弔問の言葉で思い知られるよ。

〔参考〕「忘らるゝ身のことわりと知りながら思ひあへぬは涙なりけり」（清少納言集一）「人やりにあらぬものから恨むるも身のことわりも思ひ知らずや」（西宮左大臣集一九、高明）「なべて世の人のたぐひに思ふらん身のことわりをいかで知らせん」（為家集一四六二）「いかにせん聞く昔にもあらぬ世に身のことわりも思ひ定めず」（同一四六四、ともに建長五年十月）

〔語釈〕○身のことはり　我が身ながら当然だと納得される運命のあり方。

〔補説〕弔問者の同情ある言葉で、自らの悲嘆を正当化してもらえた安堵と、その一方、その運命への新たな悲しみ。

66

きくゆめのひかりもいとゞさしまされにしに行きけるみか月のかげ

〔現代語訳〕

あやまたず西方極楽浄土に行ったと聞く、人の夢の通りに、光もますます明らかにさして、あの子の成仏のさまを照らしてくれよ。共に西に行ったという、三日月の影よ。

〔参考〕「天迴玄鑒雲将霽　唯是西行不左遷」（菅家後集、代月答）「ただ是れ西に行くなりと独りごち給ひて」（源氏物語、須磨）「何となく心ぞとまる山の端に今年見そむる三日月の影」（風雅九、定家、二見浦百首）

〔語釈〕**○にしに行きける**　「に」は動作の帰着点を示す助詞。動作の進行して行く方向を示す「へ」とは異なり、たしかに西に行き着いた――成仏した意をあらわす。「ける」は過去の伝聞。

〔補説〕近しい誰かの夢語りを聞いて、いささか心を休める親心である。そのほのかな夢の内容をも髣髴させる。勅撰集中、「西へ行く」「西へ行きける」等の用例はあるが、「西に行きける」はなく、おそらく菅家後集・源氏物語を意識しての措辞と思われる。「三日月の影」は勅撰集中参考定家詠以外は京極派歌人三例のみ。淡白に見えながら内に非常な技巧を秘めた詠である。

67

かぎりあるよのならひともなぐさまず又ためしなき心ちのみして　」一二四オ

〔現代語訳〕

（理屈ではわかっているのだが）限りがあって思うようにはならぬ世の中の常であるとして、心の慰められる事もない。やはり他に例のない不幸であるような気持がして。

〔参考〕「別れてはいつあひ見んと思ふらん限りある世の命ともなし」（後撰一三一九、伊勢）

〔補説〕これもまた、万古変らぬ親心の嘆きである。

68

いかにせんこひしきにのみたちかへりいふかひもなくを《お》つるなみだを

」二四ウ

〔現代語訳〕

一体どうしたらよかろう。どう思い直しても「恋しい」という気持にばかり帰って来てしまって、いくじなくこぼれるこの涙を。

〔参考〕「世のうさも人のつらきもしのぶるにこひしきにのみ思ひわびぬれ」（新古今一四二四、元真）

〔補説〕前歌と二首、何の事もないただこと歌と見えながら、真情を過不足なく吐露して哀切である。

69

たれもげにとてもかくてもこひしさをわすれかねてはねをのみぞなく

」二五オ

〔現代語訳〕

誰も彼も本当に、あれにつけこれにつけても恋しさを忘れかねるあまり、ただ声をあげて泣くばかりだ。

〔参考〕「たれもげに手に持つ玉の見えねばや世を照してはある人もなし」（新撰六帖一六七七、為家）「世の中はとてもかくても同じ事宮も藁屋もはてしなければ」（新古今一八五一、蟬丸）

〔補説〕47詠とほとんど重なる。以て、誰にも愛された典侍の面影をしのぶに足る。

次詠の右肩に記された「八月」の小字注記により、本詠までが七月中の作と知られる。当年七月は小の月（佐藤）ゆえ、十三日の死去以降、一日平均四首強を詠じている事になる。極度の悲嘆の中で、驚くべき作家魂である。

」二五ウ

70

八月

いかにせんわかれしみちのひにそへておぼつかなさのまさるなみだを

〔現代語訳〕

どうしたらよかろう。別れた道が遠ざかって行く日数に加えて、あの子はどうしているかと心がかりのままにまさる涙を。

〔参考〕「嵐ふく峰の紅葉の日にそへてもろくなりゆく我が涙かな」（新古今一八〇三、俊成）「ながめやる山辺はいとゞかすみつゝおぼつかなさのまさる春かな」（拾遺八一七、清正女）

〔語釈〕**○ひにそへて**　日が経つに伴って。**○おぼつかなさ**　はっきりしない様子。そのために気がかりなさま。

〔補説〕歎きのうちにはや月も変り、時の移ろいに涙を新たにする。

71

ものごとに思ひいでよとちぎりを《お》きてきえけるつゆのあとのかなしさ

〔現代語訳〕

見聞く物ごとに、自分を思い出せと言い置いたかのようにして、はかなく消えた露のような我が子の死後の、その悲しさよ。

〔参考〕「今ぞ知る思ひ出でよと契りしは忘れんとての情なりけり」（新古今一二九八、西行）

〔語釈〕**○ちぎりをきて**　約束しておいて。「おきて」は「露」の縁語。

72

かきつくることのはばかりとゞめを《お》きていづくか露のやどりなる覧《らん》　」一二六オ

〔現代語訳〕　書きつけておいた「言葉」という葉だけをあとにとどめておいて、一体どこが（その葉に置くはずの）露の――愛する娘の――宿る所なのだろう。

〔参考〕「頼めこし言の葉ばかりとゞめおきて浅茅が露と消えなましかば」（新古今一二二五、読人しらず）「秋風の露のやどりに君をおきて塵を出でぬる事ぞ悲しき」（新古今七七九、一条院）

〔語釈〕**○ことのは**　典侍の歌稿をいうか。「葉」と「露」は縁語。

〔補説〕「かきつくることのは」とは、最も端的には没後に発見したであろう四四首の詠草残翰、「秋夢集」をさすであろう。その奥に「かたみぞとみればなみだのたきつせもなをながれそふ水くきのあと」の跋歌を書きつけた為家の心情がしのばれる一首。

なみだこそまづみだれけれくろかみのかゝれとてやはなでおほしてし　」一二六ウ

〔現代語訳〕
（遺髪を見れば）涙がまず乱れ落ちることだ。この黒髪は、このように形見として見るようになれと言って、撫でいつくしみ、育てたのだったろうか。（ゆめゆめ、そんなつもりではなかったのに）

〔参考〕「たらちめはかかれとてしもむばたまの我が黒髪をなでずやありけん」（後撰一二四〇、遍昭）

〔語釈〕**○みだれ**　「黒髪」の縁語。**○かゝれ**　「斯かれ」（このようであれ）に「髪」の縁語「掛れ」をかける。参考後撰集詠をふまえる。

〔補説〕29詠参照。臨終に際し受戒のために削ぎ落した黒髪は、148詠にも見る通り、生々しい形見として父の悲しみをかき立てた。

74

なみ○《だ》やはかゝれとてしもなでこじとこのくろみ《か》をみるぞかなしき

〔現代語訳〕 涙がこんなにも掛れといって、撫でいつくしんで来たわけではなかったはずなのにと、この愛し子の黒髪を見るのが、本当に悲しいことだ。

〔他出〕 沙石集九〇、彼の髪を以て、梵字にぬひて、供養の願文の奥に。第一句「我が涙」、第三句「なでざりし」。

〔語釈〕 **○かゝれとてしもなでこじと** 前歌参考詠を本歌とする。**○この** 「子の」と「此の」をかける。

〔補説〕 73・87詠参照。沙石集異文については26詠参照。「か」は脱字して傍書。

75

かぎりあるさらぬわかれにさきだゝ《（た）》でくゐ《（い）》のやちたびねをのみぞなく　」二七ォ

〔現代語訳〕 限りある寿命を全うしての、逃れ難い別れとして老年の私が先立たなかったばかりに、（愛娘の死を見る事になり）後悔を八千回繰返しても足らず、ただ声を出して泣くことだ。

〔参考〕 「老いぬればさらぬ別もありといへばいよ〳〵見まくほしき君かな」（古今九〇〇、業平母）「世の中にさらぬ別のなくもがな千世もとなげく人の子のため」（同九〇一、業平）「先立たぬくいのやちたび悲しきは流るる水のかへりこぬなり」（同八三七、閑院）

〔語釈〕 **○さらぬわかれ** 余儀ない別れ。死別。参考古今業平母子贈答による。**○くゐのやちたび** 悔の八千度。甚しい後悔の意。参考古今閑院詠による。

〔補説〕 老年にして子に先立たれた悲しみ、まことに身に迫るものがある。「たゝて」は「たてゝ」の上に重ね書。

76

なげくまにさてもひかずぞうつり行くうきはかぎりのいのちなりけり　」二七ウ

〔現代語訳〕 嘆き悲しんでいる間に、そうしていながらも日数は移り変って行く。つくづく恨めしいのは限りある命というものだなあ。

〔参考〕「嘆く間に鏡の影もおとろへぬ契りし事の変るのみかは」（千載九三八、崇徳院）「いかに言ひいかに訪はむと嘆く間に心もつきて春も暮れにき」（長秋詠藻五八六、俊成）

〔語釈〕 **○かぎりのいのち** 限度があって、生きるのも死ぬのも自分の思うにはまかせない命。

〔補説〕 次詠と二首、心情とかかわりなく過ぎ行く「日数」への恨み。

77

あけくれはゆめといひてもさめやらぬ日かずかぞへてふるなみだかな

〔現代語訳〕 明けても暮れても、これは夢だと言っても覚める事のない悲しい日数を数えて過すにつけ、降り落ちてやまない涙であるよ。

〔参考〕「思ひねの夢といひてもやみなましなか〳〵何にありと知りけむ」（後撰八七二、読人しらず）

〔語釈〕 **○ふる** 「経る」と「降る」をかける。

78

ねざめしてあくるまつだにくらきよをしらぬやみぢとおもふかなしさ　」一二八オ

〔現代語訳〕

夜半、寝覚して夜明けを待つ間だけでもまっ暗で心細い夜であるものを、見も知らぬ冥途の永遠の闇路に踏み迷っている我が子よと思う悲しさよ。

〔参考〕「梅が香を夜半の嵐の吹きためて槙の板戸のあくる待ちけり」（後拾遺五三、嘉言）「大方のあくる待つ間も定めなき玉の緒弱み恋ひつゝぞ経る」（壬二集二八七〇、家隆）「うたゝねのはかなき夢の契にて知らぬ闇路に今日は入るかな」（曽我物語真名本八〇、曽我女房）

〔補説〕「知らぬ山路」の用例は甚だ多いが、「知らぬ闇路」は本例以外、参考曽我物語真名本に一例見えるのみ。ひとり暗い黄泉の道をたどる我が子を悲しむ心のあふれた句。

79

なき人のあとにかなしきねをそへてなきてとぶらふきり〴〵すかな　」一二八ウ

〔現代語訳〕

故人の思い出の残るこの家に、悲しい声を加えて、鳴いて弔問してくれるこおろぎよ。

〔参考〕「鐘の音の絶ゆるひゞきに音をそへて我が世尽きぬと君に伝へよ」（源氏物語七五五、浮舟）「限りとてゆふつけ鳥も音をそへつ鳴くや別れの暁の空」（為家集一一六六、寛元三年）「小夜ふけて吹くなる笛も音をそへつあれ行く里の風につけても」（同一二五六、文永八年）

〔語釈〕**○とぶらふ**　訪問する。死をいたみ慰める。**○きり〴〵す**　コオロギの古名。

〔補説〕「音をそへて」「なきてとぶらふ」共に、ありそうでいながら用例は少い。前者は参考浮舟詠が著名で、為家は「音をそへつ」の形で二回用いている。

80

寿命経為父母持読之

とまりゐてうきはかぎりのいのちをもわれしのべとやいのりを《（お）》きけん

」二九オ

〔現代語訳〕 寿命経は、あの子が父母の為にと常に持って読誦していてくれたものだ。
娘の亡いあとにとどまっていて、これ以上の辛さはないと思う命だが、それでも父母は長命して自分を偲んでくれといって、あの子は祈っておいたものだろうか。

〔参考〕「悲しさのうきは限りと思ひしを又おどろかす春の夜の夢」（実材母集二四三）

〔語釈〕○寿命経 金剛寿命陀羅尼経。金剛界儀軌に属する延寿法を説く。毎日三時にこの陀羅尼を千遍誦すれば、短命夭寿なしという。

〔補説〕 47詠に見た通り、全編中典侍の「母」の明らかに登場するのはこの一首の端書のみであり、しかも詠歌中にその姿は特筆されない。典侍の孝心とはうらはらに、その死は夫婦の最後の絆をも絶ったのであろうか。なお「うきはかぎり」の語は本詠と実材母詠にはじめてあらわれるものである。

81

さきだゝ《（た）》ばおなじわかれのかなしさもたゞよのつねのなげきならまし

」二九ウ

〔現代語訳〕 私が先立って死んだのならば、同じ死別の悲しさではあっても、それはただ世間普通の嘆きであろうものを。
（老いて子に死なれた嘆きは世間にくらべるものもない）

〔補説〕 33・46・75詠とともに、逆縁となった嘆きは尽きない。149にも本詠同様の思いをうたっている。

82

さりともとを《お》くるこゝろにたのむぞよほとけのちかひのりのをしへを　」三〇オ

〔現代語訳〕

いくら何でもたしかなものであろうと、娘をあの世に送り、供養する心に頼みにするのだよ。衆生往生を約束する御仏の誓願、仏法の教えを。

〔参考〕「さりともと頼む心は神さびて久しくなりぬ賀茂の瑞垣」（千載一二七二、式子内親王）

〔語釈〕 **○さりとも** 現状を不本意ながら認めた上で、なお一すじの望みを将来に託そうとする意。いくらそうであっても。**○ほとけのちかひ** 代表的なものとして、大無量寿経中の阿弥陀第十八誓願、「設我得仏、十方衆生、至心信楽、欲生我国、若不生者、不取生覚」がある。

83

あづまぢやはるかに思ふ人だにも事とふほどに日かずへにける　」三〇ウ

〔現代語訳〕

東国に居て、音信もはるかに遠いと思う人さえも弔詞を寄せて来るほどに、娘の死から日数がたってしまったよ。

〔参考〕「敦敏が身まかりにけるをまだ聞かで、東より馬をおくりて侍りければ　まだしらぬ人もありけるあづまぢに我も行きてぞ住むべかりける」（後撰一三八六、実頼）

〔補説〕 愛児の悲報未着の東国人をうらやむ実頼の哀歌を思い寄せつつ、その遠国からさえ弔詞の届くに至った日数の程を悲しむ。

84

かなしさのうきはならひのよにすぎてわがつれなさを人やとふらん　」三一オ

〔現代語訳〕
子を失った悲しみの辛さも、世のならいと一口に言われてしまうようなこの世に、しかし世間並よりはるかに苛酷な状況の中で生きながらえて、後を追う事もならぬ私の無情な命を、どう思いつつ人は弔問してくれるのだろうか。（さぞや気強いと思うことだろうに）

〔参考〕「池水に生ふてふ草のあさざのみうきはならひとぬらす袖かな」（新撰六帖二〇四七、為家）「風向ふ帆船のこももいたづらにつきたてられて世にすぎぬべし」（同二〇一七、為家）

〔語釈〕**○よにすぎて**　「この世に生きていて」の意と、「通常より甚だ悪い条件で」の意をかける。

〔補説〕「うきはならひの」「よにすぎて」共に参考二詠以外にはほとんど用例のない、為家独自の句。

85

たえてよもあすにあはじとおもへども《なげゝども》あくるひごとにわれぞつれなき　」三一ウ

〔現代語訳〕
絶対にもう生きて明日を迎えまい、と思い嘆くけれども、明ける日毎に生きている私、ああ何と無情なことだろう。

〔参考〕「たえてよも人もあらじな桜花この春ばかり散ると思はば」（柳葉集三六八、宗尊親王）「はかなしな夢より後を命にてあくる日ごとに頼まるゝかな」（為家集一五二八、建長五年十二月）「なき人をあらましかばととぶらへば

あくる日ごとに数ぞ重なる」（同一五三五、文永七年七月二十二日）

〔語釈〕 **○たえてよも**　絶対に、よもや。**○つれなき**　平気で生きていることだ。

〔補説〕 愛する者を失った時、最も辛いのは夜の時間であろうとは、一般に想像するところであるが、実は、より辛いのは朝である。愛する人もいないのに、又一日、生きて世の人と交わり、平常のように日を暮さねばならぬのかと思う苦しさは、体験した者でなければわからない。その真理を見事についた一首。「あくる日ごとに」も為家以外あまり用例を見ない。

86

かきを《お》きしことの葉のりにひろいを《ひお》きてたのむものからかたみとやみん

」三三一オ

〔現代語訳〕

故人が書いておいた言葉を、仏法供養のために拾い集め、経の料紙として後世の救いを頼みながら、一方ではこれを形見とも見て恋い慕うことだろうか。

〔参考〕 「頼め来し言の葉今は返してむ我が身ふるれば置き所なし」（古今七三六、因香）「今はとて返す言の葉拾ひおきておのが物から形見とや見む」（同七三七、能有）

〔語釈〕 **○ひろいをきて**　一つ一つ、取上げ、集めて。参考能有詠による。

〔補説〕 故人の手紙や詠草を集めて、継いで紙背にか、またはすき返してか、経を写し、供養する。その作業の中にも、手跡にさまざまの思いをそそられる親心である。古今集、典侍因香と近院右大臣の贈答を鮮かに取る。

87

くろかみをかたいと○《に》よりてみちびけとぬふといふもじは南無あみだ仏

」三三一ウ

〔現代語訳〕形見の黒髪を片糸としてより合せ、仏の御国にひたすらに導けと念じて刺繍するというその文字は、南無阿弥陀仏の六文字であるよ。

〔参考〕「青柳を片糸によりて鴬の縫ふてふ笠は梅の花笠」（古今一〇八一、返し物の歌）

〔語釈〕**○かたいとによりて**　「片糸」はまだより合せていない糸。黒髪を片糸として絹糸とより合せる意であろう。一方、「片方に寄って」すなわち極楽往生の一方に寄って導いてほしい、の意をこめる。

〔補説〕74参考に掲げた沙石集詠の詞書「彼の髪を以て、梵字にぬひて、供養」がこれに当ろう。これもまた、巧みな古今取り。

となふべき仏のみなのをしへをもか丶れとてやはうつしを《お》きけん　」三三オ

〔現代語訳〕臨終に必ず唱えるべき御仏の名を冠した教え、すなわち阿弥陀経をも、こうして自分の菩提を弔ってくれといって、故人は自ら写経しておいたのだろうか。（まさかそこまでの考えはなかったろうに、結果的にそうなってしまった事の悲しさよ）

〔参考〕「たらちめはか丶れとてしもむば玉のわが黒髪をなでずやありけむ」（後撰一二四〇、遍昭）

〔語釈〕**○となふべき仏のみな**　南無阿弥陀仏の六号の名号。「若有善男子善女人。聞説阿弥陀仏。執持名号。若一日。……若七日。一心不乱。其人臨命終時。阿弥陀仏。与諸聖衆。現在其前。是人終時。心不顛倒。即得往生阿弥陀仏極楽国土」（阿弥陀経）

〔補説〕故人書写の阿弥陀経を没後に発見しての感慨。

89

かなしさにあはれをそへてなげくかな思ひを《お》くをも思ひやられて　」三三ウ

〔現代語訳〕 自分の悲しさに、故人をあわれむ思いを加えて嘆くことだ。いとし子に思いを残して亡くなった娘の心の内も思いやられて。

〔参考〕 「小笹原風待つ露の消えやらずこの一ふしを思ひおくかな」（新古今一八二二、俊成）

〔補説〕 父定家は建仁元年（一二〇一）十二月、任中将を望んで得ず、翌二年三月、祖父俊成は咳病重態の中でこの詠をなしたと思われる。同年閏十月、定家中将に昇進。時に俊成八十九歳、定家四十一歳である。「思ひおく」の一語を用いる時、為家の心には、祖父・自己・娘それぞれの、子を思う思いが交錯したことでもあろうか。

90

あはれともうしともきゝし世の中のならひにすぎてなげくかなしさ

〔現代語訳〕 悲しいものとも辛いものとも聞いていた、世間の常の不幸というものにもはるかに過ぎて嘆く、この私の身の悲しさよ。

〔参考〕 「あはれともうしとも物を思ふ時などか涙のいとながるらむ」（古今八〇五、読人しらず）「あはれともうしともいはじかげろふのあるかなきかに消ぬる世なれば」（後撰一一九一、読人しらず）「暁のならひもすぎて悲しきは伏見の里の別れなりけり」（隆信集六五〇）「暁のならひにすぎて悲しくは伏見の里を帰らましやは」（同六五一、女）

〔語釈〕 **○ならひ**　通例。ありがちの事柄。

〔補説〕次詠と二首、晩年に至って思わぬ嘆きを見た悲しみをしみじみとうたう。

91

ことはり《わ》にすぎてかなしきわかれかなありてなげくもなきを、しむも　」三四ォ

〔現代語訳〕

当然の道理とは言いながら、それにも越えてあまりにも悲しい死別という現実よ。生きている事を嘆くにも、亡き人を惜しむにも。

〔語釈〕**○ことはりにすぎて**　当然妥当と納得される以上に甚だしく。

〔参考〕「うきも身のむくいなれども折節にことわりすぎて音こそ泣かるれ」（為家集一四四五、建長五年四月）

92

我ならで八つのくるしびとりそへてひとつになげく人はあらじな

〔現代語訳〕

私以外に、生涯の八つの苦しみを取り集めて一つにして、こんなにも嘆く人はあるまいな。

〔語釈〕**○八つのくるしび**　仏教でいう八苦。生老病死の四苦と、愛別離苦・怨憎会苦・求不得苦・五陰盛苦。

〔補説〕いささか大げさなようではあるが、約二十年前の、老年の父母との死別は已むをえぬとしても、当時為氏と為教の不和、女婿二条道良の死と典侍の出家等、子女についての悩みがあり、更に阿仏の登場により本妻宇津宮頼綱女との中も険悪となり、さりとて阿仏と公然同居もできぬ状態の中で、最愛の典侍の死を見たのであるから、この嘆きも無理からぬ所と思われる。「八つのくるしび」は前例皆無。「くるしみ」の形で、後代の兼載（閑塵集三五〇）、貞徳（逍遊集一四二六）に用いられるが、いずれも俳諧歌的で真情は認められない。なお、これまでは片面書写だがこの丁から両面書写が多くなる。

93

ありし世のそのいとなみをひきかへてのちのしるべといのりやるかな

〔現代語訳〕生前の、我が子を後見する仕事に引きかえて、後世をよい所に導かれるようにと、それを祈り、供養することだ。

〔参考〕「年暮れて《し（法師集）》そのいとなみは忘られてあらぬさまなる急ぎをぞする」（山家集五七四、西行法師集三一一）「春草の野飼の駒ものちの世ののちのしるべとならばこそあらめ」（蒙求和歌片仮名本一〇、光行）

〔語釈〕**○いとなみ**　つとめ。仕事。

〔補説〕若く、望みを嘱した子を失った親の真情。「のちのしるべ」は参考歌以外に用例を見ない。

94

わすれてはあひみん事ぞまたれけるなをゝ《（ほお）》なじよにある心ちして　」三四ウ

〔現代語訳〕ふと我が子の死んだ事を忘れては、逢い見るのはいつかと待たれることよ。今もなお同じこの世にあるような気がして。

〔参考〕「忘れては夢かとぞ思ふ思ひきや雪踏みわけて君を見んとは」（古今九七〇、業平）「春ごとに花の盛りはありなめどあひみん事は命なりけり」（古今九七、読人しらず）「我ながら知らでぞ過ぎし忘られてなほ同じ世にあらん物とは」（続後撰九六六、土御門院小宰相）

〔補説〕誰にも経験のある、悲しい錯覚を、有名古歌二首と、自ら続後撰に撰入した佳作一首とを交錯させて鮮やかに詠む。

95

われからによそのこゝろぞはづかしきたのむといひし神も仏も

〔現代語訳〕

自分の未練がましい心のせいで、（こうまで悲しむのを）他の人々が何と思うか、その心の内を想像するとはずかしいよ。ひたすら頼むと言って来た神も仏も、呆れていらっしゃるだろう。（でもこればかりはどうあきらめようもない）

〔参考〕「あまのかる藻にすむ虫のわれからと音をこそ泣かめ世をば恨みじ」（古今八〇七、典侍直子）「うつせみのうつゝともなきわれからに果てはひぐらし音をのみぞなく」（中院集五〇、為家、文永四年正月または二月）「更くるまで物いふ声に月も見ぬよその心を空に知るかな」（心敬集二三〇）

〔語釈〕〇われから　海藻に付着する甲殻類の一種。参考古今詠により、「自分自身のせいで」の意に用いる。

〇よそのこゝろ　他人の心。他から見る批判。

〔補説〕「神も仏もないものか」と思わずには居られない親心。「よその心」ははるか後の心敬にしか用例がなく、それも本詠のような深い意味ではない。

96

秋のよのとこのさむしろしく〳〵となみだにぬれてあかしかねつゝ

〔現代語訳〕

秋の夜、床に寒々とした寝具を敷きながら、しくしくと涙にばかり泣き濡れて、その床までを濡らし、なかなか明けない夜に苦しい思いをすることだ。

〔参考〕「あづま屋のこやの仮寝のかや筵しく〳〵ほさぬ春雨ぞ降る」（拾遺愚草一〇〇九、定家、千五百番歌合）「春雨のしく〳〵降れば稲筵庭に乱るゝ青柳の糸」（同八）

〔語釈〕 **○さむしろ** 「寒し」に「狭筵」をかける。**○しく〳〵** 「敷く」に「しく〳〵」をかける。

〔補説〕 「しく〳〵」は万葉集に多いが、以後は堀河百首顕仲の「春雨のしく〳〵降れば山も野も皆おしなべて緑なりけり」(二七〇)と参考定家の二詠、および新撰六帖為家の「佐保姫のたつや霞のうす衣しく〳〵ぬらす春雨ぞふる」(三八七)のみである。本詠は平凡のように見えつつ、実は「春雨」を離れ、「筵」にのみかかわってこの語を用いた特殊例である。

97 あきかぜになみたつゝ《(っ)》ゆの花すゝきそらをまねけどかへりこむやは 」三五オ

〔現代語訳〕

秋風に波立ち、涙のような露を散らす花薄よ。空を向いて招くけれど、亡き人は帰って来るだろうか、帰ってなんか来ないのに。

〔参考〕 「紫の波立つ宿と見えつるは汀の藤の咲けばなりけり」(範永集一三四)

〔語釈〕 **○なみたつ** 波立つ。「並み立つ」をもかけ、更に「涙」の意をこめて「露」と続ける。**○やは** 反語。……だろうか、いやそうではない。

〔補説〕 「波立つ(並み立つ)」は植物にかかわる場合も海辺の松・池辺の藤等、「水」に関連して用いられており、「風に波立つ薄」を詠んだ歌は他に見当らない。薄を歌材に「招いても帰り来ぬ人」を詠む作は珍しくないが、本詠上句は実景を髣髴とさせて、鮮かである。

98 おもかげのはなれぬまゝにこぼるゝはうきめにあへるなみだなりけり

〔現代語訳〕

面影が目先から離れないままに、その目からこぼれるのは、こんな辛い目にあって、それにふさわしく流れる涙であるよ。

〔語釈〕 **〇うきめ**　「憂き目」に、「目」に浮かぶ「面影」「涙」を取り合わせる。**〇あへる**　「あふ」は「遭遇する」「一致する」の意を兼ねる。

〔補説〕「離れぬ面影」と、「離れてこぼれ落ちる涙」の対照。

99

野べのつゆそらのけぶりとなしはて丶きえにし人といふぞかなしき　」三五ウ

〔現代語訳〕

いとしい娘を野辺に葬送し、野に置く露、空に立ちのぼる煙としてしまって、その露や煙のように消えてしまった人、と言うのが何とも悲しい。

〔参考〕「はかもなき野べの露とや消えなまし煙とだにも誰かなすべき」（赤染衛門集二九六）「よひの間の空のけぶりとなりにきとあまのはらからなどか告げこぬ」（後拾遺五五九、順）「秋風になびく草葉の露よりも消えにし人を何にたとへん」（拾遺一二八六、村上天皇）「おくと見し露もありけりはかなくて消えにし人を何にたとへん」（新古今七七五、和泉式部）

〔補説〕 強いて客観視しようとしてもし切れぬ、愛娘への思い。哀切そのものである。

100

かりそめのうた丶ねと見しすがたこそいまはこのよのかぎりなりけれ

〔現代語訳〕

ほんの仮の、うたたねをしていると見た安らかなあの寝姿こそ、今は現世の限りとなった臨終の姿だったのだ。

〔参考〕「たらちねの親の諫めしうたゝねは物思ふ時のわざにぞありける」（拾遺八九七、読人しらず）「法のためつみける花を数々に今はこの世の形見とぞ思ふ」（後拾遺五七九、選子内親王）

〔語釈〕○うたゝね　仮寝。参考拾遺詠をふまえて、源氏物語常夏に、雲居雁のうたたねを父内大臣が誡める場面があり、愛娘に対する父の真情の一端を思わせる語である。

〔補説〕典侍臨終の姿を美しく描く。愛娘の死を美化したい親心でもあろうが、おそらく長病に病み衰えての最期ではなく、意外な急逝であったかと想像させる一首である。なお106・109・168に関連詠がある。

101

たちかへりなげくをいかになげかましわかれてもそふならひなりせば　」三六オ

〔現代語訳〕

逆に考えれば、もしや霊として帰って来た時、あの子は私の嘆いているのをどんなに嘆くことだろう。死別しても魂は愛するこの世の人に寄り添うというのが世のならいであるならば。

〔語釈〕○たちかへり　「反対に」の意と、「別れても添ふ」ために立ち帰った意とをかける。

〔補説〕下句、典拠ありげであるが未だ思い当らない。仮に上のように解した。

102

てのうちのたまともなにゝ思ひけんはてはくだくるなみだなりけり

〔現代語訳〕

娘を手の内の珠であるとも、一体何で思っていたのだろう。いくら大事に守っていても、結局は砕け散る涙の玉にすぎなかったのだ。

〔参考〕「霧なれぬ初花薄手のうちの玉なくだきそ野辺の秋風」（草根集四六五八、正徹）

〔語釈〕 **〇てのうちのたま**　掌中珠。愛する児女。「雲裏不聞雙雁過、掌中貪見一珠新」（杜甫、戯作寄上漢中王詩）

〔補説〕「衣の裏の珠」を詠んだ歌は数多いが、「掌中の珠」を詠んだ歌は、新編国歌大観中、参考正徹詠のただ一首、それも薄に置く露の玉を詠んだものである。使い古した比喩にすぎぬとも見える本詠は、実は悲痛な体験が生み出した、為家独自の、しかしすべての親心の真実を衝いた、和歌史上唯一の絶唱であった。

103
あるほどは心にたがふ人だにもなきをこふるはならひなるよに　」三六ウ

〔現代語訳〕

生きているうちは、自分の心に背いて気に入らぬ事のある人でも、亡くなれば恋しく思うのが普通である世の中であるのに。（ほんの少しでもそんな事はなかったやさしい娘を失って、恋い慕うのは当り前ではないか）

〔参考〕「しのばれんものとも見えぬ我が身かなある程をだに誰かとひける」（続後撰九四九、和泉式部）「ある程はうきを見つゝもなぐさめつかけ離れなばいかにしのばん」（和泉式部集六五四）

〔補説〕「ある程」（生きている間）と、死後または別離後を対照させてうたうのは、和泉式部独自の手法である。その一首を続後撰集に撰入した為家の脳裏に、本詠の発想は胚胎したものであろう。逆説的な表現の言外に、いささかも「心にたがふ」事のなかった従順至孝の愛娘の面影を暗示している。

104
かひなしなたゞこひしさとなく人をなぐさめかねておつるなみだは

〔現代語訳〕

何とも役に立たないことだ。ただ恋しくてならないと泣く人を、慰めるにも慰められないで、こぼれ落ちる涙は。

〔参考〕「かひなしな言ひしにかはる同じ世にあればとたのむ命ばかりは」（続拾遺一〇三二、為家、建長三年閏九月）「悲しきはうき世のとがとそむけどもたゞ恋しさの慰めぞなき」（続後撰一二六三、後堀河院民部卿典侍）

〔補説〕「ただ恋しさと泣く人」は、遺児九条左大臣女であろう。只詞のように用いられた「たゞ恋しさ」は、実は為家同腹の姉、民部卿典侍が、主藻壁門院崩御に殉じて出家した時の詠の一句。しかもその崩の翌日誕生したのが、今悲しまれている愛娘典侍なのである。かつて民部卿詠を続後撰に撰入し、今その一句を引いて本詠をなす為家の心情は、察するに余るものである。

105

山里のこの葉にとまるうつせみのからをみつゝもねぞなかれける　」三七オ

〔現代語訳〕

山里の木の葉にくっついて残っている蝉のぬけがらを見るにつけても、声を出して泣けてしまうことよ。（ぬけがらのように思い出だけを残して逝ってしまった娘を思って）

〔参考〕「うつせみはからを見つゝもなぐさめつ深草の山煙だに立て」（古今八三一、勝延）「もろともにをりし昔を思ひ出でて花見るごとに音ぞなかれける」（伊勢集一一〇）

〔補説〕「木の葉にとまる空蝉」は全く為家独自の発想で、幹や枝でなく、僅かの風にも揺れる葉に危うくとまる蝉の殻のはかないイメージが、典侍の生涯を象徴している。今は音を立てる事もない空蝉と、空しく声立てて泣く作者とが対置される。

106

いまおもへばこゝろまどはですゝめけんわがつれなさのうらめしきかな

〔現代語訳〕

107

今つくづく考えれば、臨終を安らかにと、心を惑わさず冷静に往生をすすめたように見えただろう、自分の気強さがうらめしいことだ。（どんなに取り乱してもあの子に取りすがって、この世に引きとめればよかったのに）

〔参考〕「この世にてまた逢ふまじき悲しさにすゝめし人ぞ心乱れし」（千載六〇五、西行）

〔語釈〕**○すゝめけん**　「すゝめ」は往生のため臨死者に念仏をすすめる意。「けん」と推量形になっているのは、我ながらその行動に納得の行かない気持。

〔補説〕109詠と並んで、典侍臨終の有様をしのばせる一首。取り乱さなかった自己をむしろ嫌悪する。

いまぞ思ふわがたつそまののりのみづにうきよのあかをすゝぎけりとも　」三七ウ

〔現代語訳〕

今こそ思うことだよ。このように早世する運命と知って、我が子は出家し、天台宗の教えに従って、俗世間の汚れを洗い清めていたのだと。

〔参考〕「阿耨多羅三藐三菩提の仏たちわが立つ杣に冥加あらせ給へ」（新古今一九二〇、最澄）

〔語釈〕**○わがたつそま**　参考最澄詠により、比叡山延暦寺をいう。**○のりのみづ**　法の水。仏法の教え。ここでは天台の法旨。「浮世の垢」（邪念）を清めるものとしていう。

〔補説〕典侍は夫道良の死後出家、二条禅尼と呼ばれた（源承和歌口伝）。出家の時期は不明で、弘長三年二月十五日亀山殿朝覲行幸和歌会出詠（新拾遺六八四）ともからめ、なお考うべき事、解説に述べた。娘の出家にあきたりなかった父親が、今はじめて運命をさとって納得した趣。「浮世の垢」を和歌に詠みこんだのは珍しい。

108

ほどふればなぐさむやともおもひしをあやにくにこそこひしかりけれ

〔現代語訳〕

時間がたてば悲嘆も少しは慰められるかと思っていたけれど、それにも反して（時がたてばたつ程）むやみに恋しくてどうしようもないことだ。

〔参考〕「あひ見てはなぐさむやとぞ思ひしに名残しもこそ恋しかりけれ」（後撰七九四、是則）「ほどふれば人は忘れてやみぬらむ契りしことをなほ頼むかな」（千載八四五、和泉式部）

〔語釈〕 **○あやにく**　あいにく。自分の思いに反して、事の度合の甚しい事。

〔補説〕 典侍の死からはや一箇月が経過しようとしている。平凡なただこと歌のように見せながら、実は古歌を巧みに活用して心境を述べる。

109

きゆとみしよゐ《ひ》のしらつゆを《お》きかへりいひしことの葉いつかわすれん　」三八オ

〔現代語訳〕

もう臨終かと思った時、消えると見えた夜の間の白露が改めて置くように、起き直って言ったあの言葉を、いつの日、忘れる事があろうか。（到底忘れる事はできない）

〔参考〕「うつゝには臥せどねられずおきかへり昨日の夢をいつか忘れん」（後撰九二五、読人しらず）「まろねする夜半の白露おきかへり目だにも見えで明かす比かな」（赤染衛門集二二一）

〔語釈〕 **○よゐのしらつゆ**　典侍臨終の状況をたとえる。「きゆ」「おき」「葉」は「つゆ」の縁語。**○おきかへり**　露が再び置いた意に、伏していた者が起き直った意をかける。

〔補説〕 典侍の臨終の姿を如実に伝える哀切な歌。「夜半の白露」は若干例があるが、本詠と168詠に用いられた

「よひの白露」は他に用例なく、いかにも清純な典侍の面影を象徴する。「いつかわすれん」の思いには、「うつゝには臥せど寝られず」「目だにも見えで明かす」父親の展転反側の姿が重ねられている。なお168詠参照。

110

わがためにかぎるうき世とおもへども身のつれなさにあけくらしつゝ　」一三八ウ

〔現代語訳〕

私のためには極限の、苛酷な運命のこの世だとは思うけれども、身を思うにまかせぬ無情な命ゆえに明かし暮らし、生き長らえているよ。

〔参考〕「身一つにかぎるうき世と思ふこそ嘆くあまりの心なりけれ」（新続古今一九三八、読人しらず）

〔補説〕勅撰集中、「かぎるうき世」の用例は、はるか後代の新続古今所収参考詠のみである。しかし作者不明、あるいは古来の伝承歌かと考え、ここにあげた。

111

たがふなよ日《○〻》月《も》光さしそへてにしへゆくべきみちのしるべを　」一三九オ

〔現代語訳〕

どうか誤らせてくれるなよ、月日も光を照らし加えて、あの子が西方浄土へ行くはずの道の手引きを。

〔参考〕「いかにせん日は暮れがたになりぬれど西へゆくべき人のなき世を」（玉葉二六二二、清水寺夢告）「昔見し月の光をしるべにて今夜や君が西へ行くらん」（新古今一九七七、膽西）

〔語釈〕○日月光「日」の傍に挿入記号○・転倒記号〻、「月」の傍に「も」とも転倒記号とも見える傍書がある。『全歌集』では下の傍書も転倒記号と見たと思しく「月日の光」と補入訂正する。原本を見られての判断であるから従うべきであろうが、写真版で見る限り下の傍書は上の転倒記号とはやや形が違うようにも思われ、かつ歌の口調としては「月日も」の方が自然に感じられるので「月日も光さしそへて」と解した。なお考えたい。

〔補説〕玉葉詠は、康平（一〇五八～六五、後冷泉朝）頃、清水寺参籠の僧の夢想歌。為家当時も口碑で伝えられていたか、如何。「月」を西方浄土へのしるべとするのは一般的であるが、「月日」と言ったのは珍しい。

112

又もみぬひかずばかりをかぞへてもあふべき時のなきぞかなしき

〔現代語訳〕

又逢うこともないままに空しく経ってしまった日数ばかりを数えていても甲斐もなく、再会する時のないのが悲しいことだ。

〔参考〕「又も見ぬ雲居はるかに思ふにも大内山の花ぞ恋しき」（中院集六五、為家、文永四年正月又は二月二十八日）

〔語釈〕**○あふべき時**　「数へ」れば「合ふ」はずなのに、同音の「逢ふ」時がない、と悲しむ。

113

草も木もたれみよとてかうゑおきしおもかげばかりのこる山里　」三九ウ

〔現代語訳〕

この庭の草も木も、誰に鑑賞せよと言って植えておいたのか、見てくれるはずの我が子はいなくなって、空しい面影ばかりが残る山里よ。

〔参考〕「植ゑていにし人も見なくに秋萩のたれ見よとかは花の咲きけむ」（拾遺三七九、元方）「来ても又たれ見よとてか嵐山ふもとのいほに月は澄むらん」（為家集六〇九、文永元年）「玉かづら面影ばかり身にそへて思ひし末にかけはなれけり」（同一一四六、弘長元年四月三十日）

〔補説〕 参考「来ても又」詠は典侍死去の一年後、嵯峨山荘での詠であろう。「たれ見よとてか」の嘆声は、まことに身にしみるものである。

114

いくよわれまくらもしらずを《お》きゐつゝ、はかなきあとにねのみなくらん

〔現代語訳〕

一体幾晩、私は枕のありかも知らず、寝る事もできず起きていて、はかなく逝った娘のあとに、声を立てて泣いてばかりいるのだろう。

〔参考〕「床の上の枕も知らで明かしてき出でにし月の影をながめて」（和泉式部集二五七）「塵つもる枕も知らず袖くちて払ひなれたる夜床ならねば」（拾遺愚草員外八二、定家）「ひとりねのわびしきまゝにおきゐつゝ月をあはれと忌みぞかねつる」（後撰六八四、読人しらず）「今日毎にとふは習ひと思ふにもはかなきあとぞいとゞ悲しき」（続後撰一二六九、俊快）「枕よりあとより恋のせめ来ればせむ方なみぞ床中にをる」（古今一〇二三、読人しらず）

〔語釈〕**〇まくらもしらず** 全く寝られない事の象徴的表現。**〇あと** 死後の遺跡の意であるが、参考古今集詠により、枕に対応する語、「足もと」としての意識もあったかと思われる。

115

しかのねもむしのうらみもこの秋はおなじ心になく心ちして　」四〇オ

〔現代語訳〕

鹿の声も、虫の恨むような音色も、いつもの秋と違い、この秋は私と同じ気持で、悲しみに泣いているような気持がして、一入耐えられない。

〔参考〕「花の色虫のうらみもたへざりき野分の風のけはしかりしに」（蒙求和歌平仮名本一九六、光行）「引き結ぶ

秋の草葉の仮枕虫のうらみはよく方もなし」（為家集一七〇七、貞永元年）

〔補説〕「むしのうらみ」は「叢辺怨遠風聞暗　壁底吟幽月色寒」（和漢朗詠集三三一、虫、順）による句であるが、用例としては元久元年成立とされる蒙求和歌が最も早く、ついで参考為家詠、更に宝治百首定嗣詠「蟬の声虫のうらみぞ聞ゆなる松のうてなの秋の夕暮」（二三七七）が、万代集・夫木抄・新続古今集に入るという順序で、中世後期に流行を見る。

116

つれもなくなくにはしなぬいのちかななみだのみふるひかずかぞへて

」四〇ウ

〔現代語訳〕

無情にも、いくら泣いても泣く事では死なぬ命であるよ。涙ばかり降り落ちる状態で過ごす日数を数えながら。

〔参考〕「さりともと死なぬ命のつれなさやつらきながらの頼みなるべき」（続後撰七一九、伊成）「涙のみふるやの軒のしのぶ草今日のあやめは知られやはする」（和泉式部集五一〇）

〔語釈〕○ふる　「降る」と「経る」をかける。

〔補説〕「泣くには死なぬ命」には典拠ありげであるが、未だ思い得ない。しかし実感のこもった表現である。

117

ゆくさきにとふ人あらば秋の月なみだなつげそわびもこそすれ

」四一オ

〔現代語訳〕

西に行く、その先で私の事をたずねる人——亡き娘がいたならば、この流している涙の事を知らせてくれるなよ、秋の月よ。あの子が心配し、嘆くかもしれないから。（安心して極楽へ行く妨げになってはいけない）

〔参考〕「わくらはにとふ人あらば須磨の浦に藻塩たれつゝわぶと答へよ」（古今九六二、行平）

〔語釈〕○わびもこそすれ　「わび」は辛がって嘆く意。「もこそ」は悪い状態を予想し、そうなっては困るという気持をあらわす。

〔補説〕我が身は涙にくれながら、その事が我が子の成仏の妨げになってはならぬとする親心が、有名な行平詠を巧みに引いてうたわれている。

118

こひしさもおぼつかなさもひにそへてまさるはおいのなみだなりけり　」四一ウ

〔現代語訳〕

恋しさも、気がかりで案じられる思いも日がたつにつれてまさり、同時にまさるものは老人の身の涙であるよ。

〔参考〕「日にそへてうきことのみもまさるかな暮れてはやがて明けずもあらなん」（後拾遺八〇六、高明）「ふりにける老の涙やへだつらんかすみて山の見えずなりゆく」（為家集二六、文永元年）

〔語釈〕○まさる　「恋しさもおぼつかなさも」と「涙」と双方にかけて用いる。

〔補説〕「老の涙」は珍しからぬ歌語ではあるが、それにしても為家の用例は、為家集8・中院集7（うち1首重出）と多数にのぼり、本詠および196詠を加えて17例、しかも両家集詠はすべて文永元～七年の作である。参考にあげた一首は典侍没後初めての正月の詠であり、この不幸が為家にとりいかに老後の打撃であったかがしのばれる。

119

身にそへるうきよならひをおもはずはさてあるべくもなきなげきかな

〔現代語訳〕

いつも我が身についてまわる、憂き世の常の不幸、という事を考えてあきらめなかったら、到底こうしてがまんして生きてはいられない程の嘆きであることよ。

〔語釈〕 **○うきよならひ**　憂き世慣ひ。俗語か、為家の造語か。**○さて**　このようにして。

〔補説〕「八つのくるしび」(92)「わが為に限る憂き世」(110)「身にそへる憂き世慣ひ」と繰返し、理不尽とも思える運命を甘受しようとしている。この時期、為家には、為氏為教と三者相互それぞれの不和、阿仏との関係から来る本妻との問題、そして続古今撰者追加による不満と、「うきよならひ」が山積していた。

120　なげきつゝあきのいくよをまどろまでうつゝばかりにゆめをみるらん　」四二オ

〔現代語訳〕

嘆きながら、秋の長夜の幾晩を、まんじりともしないで、目覚めていながらにこんな思いもよらない悪夢のような事実を思い続けることだろう。

〔参考〕「三日月の有明の空にかはるまで秋の幾夜をながめ来ぬらむ」(月清集七四九、良経、正治百首)「うつゝにて夢ばかりなる逢ふことをうつゝばかりの夢になさばや」(後拾遺六七五、高明)

〔補説〕下句、高明の恋歌を悲痛な哀傷歌に鮮やかに詠みかえている。

121　ありし世のおやのいさめのたがはねばをはりのゝちもうたがはぬかな

〔現代語訳〕

在世の時も、親の戒めに一度も背いた事のないあの子だから、この世の生を終った後も親の言う通り、成仏したであろう事を疑わないことだ。

〔参考〕「たらちねの親のいさめしうたゝねは物思ふ時のわざにぞありける」(拾遺八九七、読人しらず)「たらちね

の親のいさめの絶えしより花にながめの春ぞへにける」（続後撰一〇四二、道家）

〔補説〕 親思いの従順な娘であった、ありし日の典侍の姿がしのばれる一首。

122

うきめ見るみ《（身）》をあやまちとかこちても又いかさまによをかすぐさむ　」四二ウ

〔現代語訳〕

こんな辛い目を見る我が身を、誰のせいでもない、自分の過失のせいだと嘆いてみても、だからといってそれではどういう風にして今後の人生を過して行ったらよいのだろうか。

〔参考〕「かけてだに又いかさまに石見潟なほ波高き秋の潮風」（拾遺愚草二〇七七、定家）

〔語釈〕 **〇かこち** 原因・責任があるとして責める意。

〔補説〕 119詠の思いを重ねて詠み変える。

123

なみだこそまづかきあへねゆめのうちにこゝろはさよとみゆるたまづさ

〔現代語訳〕

涙こそは、先ず第一に掻き払い難いことだ。夢のような今の気持の中にも、あの子の心はこうだったのだとわかる、書き残した手紙よ。（それを見るにつけても）

〔語釈〕 **〇かきあへね** 「かき」は「手で払う」意と「たまづさ」の縁語「書き」をかける。**〇さよ** 然よ。そうだよ。「夢」の縁語「小夜」をかけるか。

〔補説〕 進まぬ心を励まして遺品整理に当っている作者の姿を見るような一首。

124

ひとすぢにさとらむ道をいそがなんこのよのゆめにこゝろとゞめで 」四三オ

〔現代語訳〕
ただひたすらに、解脱する道へと急いでおくれ。遺して行く子を案ずるという、現世の夢のような執着に心をとどめないで。

〔参考〕「うたゝねのこの世の夢のはかなきに覚めぬやがての命ともがな」（後拾遺五六四、実方）

〔語釈〕**○このよ**「此の世」と「子の世」をかける。

〔補説〕参考詠は亡児を夢に見ての詠。本詠は典侍に成仏をすすめつつ、自身の心にも言い聞かせている趣。

125

きのふといひけふといひてもめぐりくる日かずにつけてねをのみぞなく

〔現代語訳〕
昨日と言い、今日と言いつつ過して来て、ああ、（いつか一月たち）めぐって来た命日につけても、声を出して泣くばかりだ。

〔参考〕「昨日といひ今日とくらしてあすか川流れて早き月日なりけり」（古今三四一、列樹）

〔語釈〕**○けふといひても**「も」は強調。

〔補説〕一月めの命日、八月十三日の詠。「流れて早き月日」につけても、先立つものは涙である。

126

めぐりくるわかれしけふの月だにもおもかげならでみるかひもなし 」四三ウ

〔現代語訳〕
一月たって、めぐって来た死別の日と同じ十三夜の月さえも、あの子の面影を重ねてでなければ見る甲斐もない。

〔参考〕「古の大内山の桜花おもかげならで見ぬぞ悲しき」（続古今一五一一、為家、弘長元年百首）

〔補説〕八月十三日当夜詠。心情、察するに余る。

127 さりともな仏のをしへひとすぢに道のしるべといそぐこゝろは

〔現代語訳〕

いくら何でも違う事はないだろう。御仏の教えを一筋に信じ、それを浄土への道案内として早くたどり着こうと向って行ったあの子の心は。

〔参考〕「さりともな暁ごとのあはれみに深き闇をも出でざらめやは」（聞書集二三一、西行）

〔語釈〕**○さりともな**「然りとも」は現状を不本意ながら認めつつ、しかも一縷の望みを将来に託する意。「な」は念を押す意の感動詞。いくら何でもね。

128 ともすればなみだのかげにむかひゐてもの思ふともとみるぞかなしき　」一四四オ

〔現代語訳〕

何かといえば、落ちた涙に映る自分の影と向いあっていて、それを物思いをする友と見るのが、本当に悲しいことだ。

〔参考〕「老いにける身の上なければ落ちとまる涙のかげにしはさ《ママ》見えけり」（安法法師集九七）「ながれゆく涙のかげをもらさじと月まきかくす袖の白波」（拾遺風体集二八四、隆貞）

〔補説〕「涙のかげ」は新編国歌大観に右二例しか見えず、歌意もともに定かでない。安法詠によれば落ちとまった涙を水鏡として、そこに映る自分の姿を言っているようである。その趣で解してみた。

129

子をおもふ思ひならではとおもふこそ思ふにつけて又おもはるれ

〔現代語訳〕

子を思う思いでなくては、これ程は嘆くまい、それでは娘も残した子をこそ思い嘆いているだろうと思う事こそ、娘を思うにつけて又悲しく思われるよ。

〔参考〕「とゞめおきて誰をあはれと思ふらん子はまさるらん子はまさりけり」（後拾遺五六八、和泉式部）

〔語釈〕**○子をおもふ思ひ**　自分の亡き娘を思う思いに、子を残して死んだ娘の思いを重ねる。**○思ふにつけて**……娘を思うにつけて娘の思いが共感される。（その事が悲しい）

〔補説〕参考詠の発想を継承しつつ、繰返しの手法を更に強調する。

130

いまはとてを《お》とせぬ人もとふほどになげく日かずのなりにけるかな　「四四ウ

〔現代語訳〕

今は少しは嘆きもおさまったろうと思って、弔問を遠慮していた人も訪れる程に、嘆きくらす日数も多く積ったことだ。

〔参考〕「今はとてわが身時雨にふりぬれば言の葉さへにうつろひにけり」（古今七八二、小町）

〔語釈〕**○いまはとて**　本来あきらめ・断念を意味する語だが、ここでは状況を見定め、行動に移る積極的な意味に用いている。

〔補説〕「今はとて」離れ行く恋人の姿を反転して、親の嘆きを忖度し、そのやや沈静した頃を見計らって弔問する知人の誠意、それにより更にかき立てられる悲しみをうたう。

131　たえ《へ》てなを《ほ》よにすむだにもつれなきにかなしきものはありあけの月

〔現代語訳〕

この嘆きに耐えて、いまだにこの世にながらえて住み続けているだけでも我ながら無情であると思われるのに、それによそえられて悲しいのは、明けかかる空にも無関心に澄む、有明の月であるよ。

〔参考〕「たへてなほすめばすめども悲しきは雲ゐる山の秋の夕暮」（瓊玉集一九八、宗尊親王）「有明のつれなく見えし別れより暁ばかりうきものはなし」（古今六二五、忠岑）

〔語釈〕**○すむ**　「住む」と「澄む」をかける。

132　又なにをおもひよすべきこのよかはうたてこゝろのなほのこりける　」四五オ

〔現代語訳〕

又これ以上何を思い合せ、思いわずらう必要のあるこの世だろうか。ああいやな事、こんな身にも世俗の執着の心がなお残っているとは。

〔参考〕「彦星の思ひ寄すらん事よりも見る我苦し夜の更けゆけば」（拾遺抄九二、湯原王）「いとゞしく袖ぞぬれぬる我妹子を絵島が方に思ひ寄すれば」（風情集一四〇、公重）

〔語釈〕**○うたて**　情なく。いやな事に。「のこりける」にかかる副詞。「うたてごゝろ」と熟するのではない。

〔補説〕「思ひ寄す」も用例のきわめて少い語である。

133
我ならでむくふべき身はなきものをなげくもつみのはてぞかなしき

〔現代語訳〕
この自分自身でなくて、報いの及んで来る身はないのになあ。こうして我が子の死を嘆く事も成仏を妨げるという形で我が子に報い、それが又罪となって我が身に返って来るかと、その因果の程が本当に悲しい。

〔参考〕「我を思ふ人を思はぬむくいにや我が思ふ人の我を思はぬ」（古今一〇四一、読人しらず）「か丶りける嘆きは何のむくいぞと知る人あらば問はましものを」（千載七六一、成範）

〔補説〕我が子の死を嘆くのは当然の親心であるはずなのに、未練に悲しむ事は我が子の成仏を妨げ、その報いは我が身の上に罪として返って来るという。それを思えば心のままに嘆く事も許されぬ悲しさ。

134
みえずなる老いのまなこにあふものはたゞおもかげとなみだなりけり　」四五ウ

〔現代語訳〕
物も定かに見えなくなる、年老いた私の眼に出会うものは、ただ亡き娘の面影と、涙とだけであるよ。

〔参考〕「聞く人もなき暁に弾く琴は鳥の音ならであふものぞなき」（歌仙家集本中務集一一八）

〔語釈〕○あふ　「逢う」（面影）と「合う」（涙）をかける。

〔補説〕「老いのまなこ」は新編国歌大観に用例皆無。「あふもの」も、参考中務詠以外にはない。

135
しらばやなこの世に又はあひみずといづくにいかであけくらすらん

〔現代語訳〕
知りたいものだなあ。この世では又と逢う事はできないとしても、どこにどうやって明かし暮らしているのだ

ろう。（せめてそれ位は）

〔参考〕「知らばやな暮れゆくはてを眺めても我が世になれん秋の契を」（拾遺愚草員外三四二一、定家）「道かはる煙のはてに立ちそはで夢ならねばぞ明けくらすらん」（拾遺愚草二八三三、定家）

〔語釈〕**〇あひみずと**　「と」は逆接の助詞。「あひ見ずとも」の意。

136

時をえてけふかのきしにを《お》くるかなひる夜を《お》なじ秋の中ばに　一四六オ

〔現代語訳〕

よい機会を得て、今日故人の霊を彼岸に送ることだ。昼夜の長さが同じになる、秋の半ばの日に。

〔参考〕「この頃は秋の島人時を得て君が光の月を見るらむ」（秋篠月清集一三八四、良経、俊成九十賀歌）

〔語釈〕**〇かのきし**　彼岸。悟りの世界。涅槃。**〇ひる夜をなじ……**　昼夜の長さが同じになる、秋分の節。この年は八月十二日（佐藤）。

〔補説〕祖先の霊を祀る彼岸会の日に、愛娘の霊をも併せ送れば、淋しくなく浄土へ行けるという親心であろうか。八月十二日は一月めの命日の逮夜である。命日当日の詠は126に見える。すなわち本集の排列は必ずしも詠作順ではないと知られる。「時をえて」は参考歌に見るように祝賀の意をこめた言葉であり、これを悼歌に用いた所に、冥福を祈る愛情が感じられる。

137

入る方にみてをさづけてさそはなんたゞしきにしのありあけの月

〔現代語訳〕

入る方角に、お手をさしのべて亡き子の魂をさそって下さい。正しく西方をめざす、有明の月よ。

【参考】「さそはなん通ひし琴の音にそへて迎ふる西の峰の松風」（拾遺愚草二九六五、定家）「天少女月の都にさそはなん跡とゞめじと思ふこの世を」（風葉集一二八一、ことうらの煙の中納言更衣）

【補説】「御手をさづけて」「正しき西の」は他に用例なく、「さそはなん」も外に「むぐら」の一首あるのみ。拾遺愚草詠は齋宮女御の卒都婆供養の歌である。有明の月に象徴される阿弥陀仏の来迎を、「御手をさづけて」の一句により、目に見るがごとく切望する親心の歌。

138

ゆめといひて日かずはみそぢいつかわれさとりひらくるつげを見るべき　　四六ウ

【現代語訳】これは夢だと言いつつ、日数は三十五日もたってしまった。いつになったら私は、煩悩を解脱して悟りの境地に入るという、御仏のお知らせを見る事ができるだろう。

【参考】「寝るがうちに見るをのみやは夢といはんはかなき世をもうつゝとは見ず」（古今八三五、忠岑）

【語釈】**〇みそぢいつか**　三十五日。「何時か」をかける。**〇つげ**　告げ。神仏の知らせ。

【補説】五七日忌、すなわち八月十九日の詠。忠岑詠を実に巧みに取りこんでいる。

139

うちそへてなみだぞおつるとを《ほ》くなるあか月ごとのかねのひゞきに

【現代語訳】打つ音に加えて、涙が落ちることだ。一日々々と死別の日から遠ざかって行く、暁ごとに打ち鳴らす鐘の響きに。

【参考】「つく〴〵と物を思ふにうちそへて折あはれなる鐘の音かな」（山家集七一二、西行）

〔語釈〕**○うちそへて**　接頭語「うち」に「鐘」の縁語「打ち」をかける。

〔補説〕これも五七日忌供養の感慨であろうか。時の経過の無情さを、晨鐘の響きに寄せて悲しむ。

140

つれもなきわれやかたみになりぬらんあふ人ごとにまづねをぞなく　」四七オ

〔現代語訳〕

気強くも生きていると見える、この私が亡き子の形見になったのだろうか。逢う人ごとに、私を見ては先ず声を出して泣くよ。

〔参考〕「思ひきやありて忘れぬおのが身を君がかたみになさむ物とは」（和泉式部続集五二）

〔補説〕珍しい発想であるが、悲しみをあらわにできる弔問客と、これに黙然と対する作者の悲痛な内心とを鮮やかに描き出している。同時に父子に対する周囲の人望の程も知られるであろう。

141

おなじ世はを《（お）》とせぬ人もめぐりきぬなきはひとりぞかなしかりける

〔現代語訳〕

同じこの世に生きていれば、平生音信のない人も自然めぐり来て逢いもする。この世に亡い、そのたった一人こそ、悲しくてならぬ事だ。

〔補説〕前歌に続き、弔問者を見ての感慨。平生はその人ありとも思い出さぬ人も訪れてくれるのに、あってほしいたった一人の人は永遠に去ってしまった。その皮肉を思う。「亡きは一人ぞ悲しかりける」とは、まことに血を吐くような悲傷である。

142

なにとして人のならひのうきことをとりあつめたる我が身なるらむ　」四七ウ

〔現代語訳〕

何で一体、人生のならいである不幸という不幸を全部、一つに集めたような自分の身なのだろう。

〔参考〕「かくばかりとりあつめたる身のうさに心強くも長き命か」（山田法師集二三二）「野辺に出づる御狩の人にあらねどもとりあつめてぞ物は悲しき」（和泉式部集二九一）

〔補説〕「人のならひのうきこと」とは、妻・為氏らとの不和、続古今集への撰者追加等をさすであろう。

143

おもふともこふともあはむこのよかといふにかひなくおつるなみだか

〔現代語訳〕

いくら思ってみても、恋い慕ってみても、逢う事のできるこの世だろうか、（そんなわけには行かない）と言うにつけて、あきらめようとする甲斐もなく落ちる涙であるよ。

〔参考〕「思ふとも恋ふとも逢はむ物なれや結ふ手もたゆくとくる下紐」（古今五〇七、読人しらず）「つれなきを今は恋ひじと思へども心弱くもおつる涙か」（古今八〇九、忠臣）

〔補説〕恋い泣く遺児をさとしつつ自らも涙する祖父の姿であろう。参考歌の恋を哀傷に詠みかえる手際は巧みである。「かと」の「と」は「は」の上に重ね書。

144

くまもなき月ときくにもかきくれてなきかげこふる秋ぞかなしき　」四八オ

〔現代語訳〕

一点の曇りもない明月ですと聞くにつけても、目の前がまっ暗になる思いで、亡き人の面影を恋い慕う秋の、何と悲しいこと。

【参考】「なきかげの親のいさめはそむきにき子を思ふ道の心弱さは」（拾遺愚草二七一二、定家）

【語釈】 **○くまもなき月**　十五夜の明月。**○なきかげ**　故人の姿。「かげ」は「月」の縁語。

【補説】 八月十五日の詠。涙にくれる老父は、せっかくの明月を見る事もできない。定家は子――為家を思って父俊成の教えにそむいた嘆き、為家は子――典侍を恋うて月に悲しむ。「なきかげ」に寄せる思いはそれぞれに深い。

145

を《お》のづからなぐさむやともおもひしをあやにくになるはなみだなりけり

【現代語訳】

自然、時がたてば慰められるかとも思っていたが、思うに反していつまでもこぼれて止らないのは涙であるよ。

【参考】「あひ見てはなぐさむやとぞ思ひしに名残しもこそ恋しかりけれ」（後撰七九四、是則）「あやにくに人目も知らぬ涙かなたへぬ心にしのぶかひなく」（山家集一二七三、西行）

146

いまはたゞよしかきとめじおもひつゝおつるなみだのみづくきのあと　」四八ウ

【現代語訳】

今はただもう、いっそ書きとめまいよ。思うにつれて落ちる涙で書く水茎のあと、すなわち我が子に対する悼歌よ。（書けば一層悲しみをかき立てられるばかりなのだから）

【語釈】 **○みづくきのあと**　水茎（筆の異名）に「涙の水」をかけ、自書するこれらの歌をいう。

【補説】 幾度となくこのように思いつつ、為家は血の出るような悼歌二百余首を書きとめた。その営為に、愚痴な親心とのみには見過されぬ為家の歌人魂を見る。

147

かねてしるわかれなりせばうつしを《お》きてそをだにみてもなぐさみなまし

〔現代語訳〕 前もって予想できる別れであったならば、その姿を絵に写しとどめておいて、それをでもせめて見て慰めとしようものを。（全く予想もせぬ死別であったため、それすらもできなかった）

〔語釈〕 **○そ** それ。写しておいた肖像。

〔参考〕「宵の間はまどろみなまし時鳥明けて来鳴くとかねて知りせば」（後拾遺一八七、資成）「あかでこそ思はむ中は離れなめそをだに後の忘れがたみに」（古今七一七、読人しらず）

148

おろしを《お》くそのくろかみを見るたびにさてもとまらぬかほぞ恋しき　」四九オ

〔現代語訳〕 削ぎ落して形見に残しおく、その黒髪を見る度に、こんな風にしてとどめる事さえできぬ、あの顔かたちが恋しいよ。

〔語釈〕 **○おろし** 仏道に入るため剃髪する意。

〔補説〕 29詠以下参照。下句の直截な表現に、父親の生々しい悲しみを見る。

149

なべてよのならひならましこのたびのわかれにかふるいのちなりせば

〔現代語訳〕 一般の世のならわし、という事になっただろうに。今回の別れに、娘と取りかえる事のできる私の命であったならば。（親が先に逝くなら当然なのだから）

〔参考〕「惜しからぬ命にかへて目の前の別れをしばしとゞめてしがな」（源氏物語一八六、紫上）

〔語釈〕**○なべてよのならひ**　老いた者が先に逝く、という、一般的な世間の順序。

〔補説〕81詠参照。

150

さらでだになみだのおつるかなしさに月みぬあきになすにつけても　」四九ウ

〔現代語訳〕

そうでなくてさえ涙が落ちるのに、月をみたら一層耐えられない悲しさに、せっかくの月を見ない秋にしてしまうにつけても、嘆きはますます深い。

〔参考〕「いつとても月見ぬ秋はなきものをわきて今宵のめづらしきかな」（後撰三二五、雅正）「それもなほ心の果はありぬべし月見ぬ秋の塩釜の浦」（月清集一二一四、良経）

〔語釈〕**○さらでだに**　然《さ》あらでだに。そうでなくてさえ。

151

おいの身のなげきながらにあらるゝもなきにくらべてうらやまれつゝ

〔現代語訳〕

老人の身の、嘆きながらも生きていられるのを見るにも、若くて逝った人にくらべてうらやましく思われてならない。

〔補説〕「うらやまれつゝ」とある所からして、「老いの身」とは自分自身をさすのではなく、最も悲しいはずの自分をさしおいて、心のままに嘆き悲しむ典侍の乳母らをさすのであろうか。「この老人達は生きているのに、あの子はなぜ死んだのか」とは、理不尽ながらこうした場合肯定される心情であろう。なお47詠参照。

152 いまはとてもとの宮こにかへりても又おもかげをいかになげかん

【現代語訳】（やがて中陰明けとなって）今はもとの生活に戻ろうと、都の家に帰っても、又そこに残る我が子の面影を、どんなに嘆くことだろう。

【参考】「我もまたもとの都へかへらばや越路の方に雁も行くめり」（拾玉集六一三、慈円）

【語釈】**○いまはとて……** 中陰の喪籠期間が過ぎて京の本宅に戻る事をいう。九月二日の七七日忌が近づく頃の詠。

153 わかれをば世のならひぞとなぐさめどさても恋しき事ぞわすれぬ　」五〇オ

【現代語訳】死別というものは世間普通のならわしだと、強いて心を慰めるけれども、それでもやはり恋しい事は何としても忘れられない。

【参考】「法にすむ心は身をも磨かばやさても恋しき影や見ゆると」（拾遺愚草二九八、定家）「古のあふひと人はとがむともなほそのかみの事ぞわすれぬ」（実方集一三三）

154 すてらるゝ我が身のとがをしらずして神ましませばとおもひけるこそ

【現代語訳】神にも捨てられる程に、我が身に知らず知らず犯した罪咎があるとも心付かず、何といっても神がおわしますからにはお助け下さるだろうと思っていた事こそ、本当に心幼い自分であったよ。

〔参考〕「くりかへし我が身のとがを求むれば君もなき世にめぐるなりけり」（新古今一七四二、行尊）

〔語釈〕○とが　罪科。あやまち。○ましませば　「あり」の尊敬語「ます」（坐す）に更に敬意を加えたもの。神仏・貴人に用いる。いらっしゃるから。

〔補説〕行尊詠は、甥なる白河天皇春宮実仁親王（十五歳）の死を悼んだ歌。「それに加わる何か危機的な要因があったらしい」（久保田淳『新古今和歌集全評釈』昭52）とされるが、為家のそれはもっと単純な悔恨。

155

我が身こそなみだにくれめつれなくて人にみゆべき心ちだにせぬ　」五〇ウ

〔現代語訳〕

私の身こそ、涙にくれて過すのが辛いとしてもそれはまだよい。わざと平静な顔をして弔問の人に逢うような気持は、更に持てないことだ。（それなのに忌明けすればそのような態度を取らざるを得ない事の苦しさよ）

〔語釈〕○くれめ　「眩《く》れ」（目が曇って見えなくなる）に、「こそ」との係り結びにより「む」の已然形「め」がついた形。○みゆ　姿を見せる。逢う。

156

なげかるゝ身はかげばかりなりゆけどわかれし人にそふ時もなし

〔現代語訳〕

どうしても嘆かずには居られないこの身は、影法師のようにやせ細って行くけれども、（影ならば身に添うものなのに）別れた娘に寄り添う時すらないことよ。

〔参考〕「恋すれば我が身は影となりにけりさりとて人に添はぬものゆゑ」（古今五二八、読人しらず）

〔補説〕古今恋歌を打ち返しての哀傷。さしたる事もない述懐のように見えつつ、実は為家ならではの老手である。

「恋のために影法師になった我が身」という表現は古今集独自のものであり、これを自詠に活用したのは、為家ただ一人であった。

157

この秋はたれかまさるとなくほどにあさぢのむしのこゑもきこえず　」五一ォ

〔現代語訳〕

この秋の憂いは、（鹿か、虫か、それとも私か）誰が一番まさるだろうとばかり泣いているものだから、浅茅に鳴く虫の声も私の耳には聞こえない。

〔参考〕「足引の山時鳥をりはへて誰かまさると音をのみぞなく」（古今一五〇、読人しらず）「暮れゆけば浅茅が原の虫の音も尾上の鹿も声立てつなり」（後拾遺二八一、頼家）

〔補説〕歌の表面には「虫」しか登場しないが、115詠、また参考歌に見るごとく、秋鳴くものとして「鹿」は当然作者の意識の中にあったものと考える。

158

いかばかりみてはうれしとおもはましあとをとふにもねぞなかれける

〔現代語訳〕

どんなにか、これを見ては亡き子の魂も嬉しいと思うだろう。ねんごろな弔問の言葉を受けるにつけても、声を出して泣けてしまうよ。

〔語釈〕**○おもはまし**　「まし」は反実仮想の意を失って「む」すなわち予想・推量となった中世の用法。

〔補説〕「あとをとふ」とは追善供養の意とも取れるが、「見ては嬉しと」とある所から、知人の弔問と考えた。如何。

なに事を思ひもわかじみどりごもゆめにみればや名をたづぬらん 」五一ウ

〔現代語訳〕

何事をも分別しないであろう幼児も、亡き人を夢に見たからだろうか、母の名を呼んでさがしまわるらしいよ。

〔語釈〕〇**思ひもわかじ** 「みどりご」を修飾する副詞句。判断もできないであろうところの。

〔補説〕この「みどりご」は典侍の遺児と考えられる。「みどりご」というからには満三歳位までと思われるが、典侍の夫、二条道良（九条左大臣）は正元元年（一二五九）十一月八日没であり、死没前後の出生として弘長三年数え年四～五歳。これが「みどりご」と呼べる限界であろう。尊卑分脈によれば道良には良豪・九条左大臣女の二児がある。後者は正元元年十月二十四日為家譲状に「上臈」と記され、小阿射賀・細川庄の領家職を譲られているから、当時出生間もない嬰児とは考え難い。前者は二条家嫡男の男児ながら出家、尊卑分脈にも「僧都」とのみで法系不明。これがこの「みどりご」であろうか。勿論系図にのらずに終った遺児が別にあったとも考えられる。

いそぐぞよゆめのはちすの事づてにすでにちかづくさとりひらけと

〔現代語訳〕

心急かれるよ。夢に見た蓮の花の言伝てとして、もうはやその時は近付いている、早く蓮の台の上に悟りを開いてくれと。

〔語釈〕〇**事づて** 言伝て。伝言。蓮を夢に見た事からの暗示をさす。

〔補説〕観無量寿経によれば、上品中生以下の往生者は、極楽の池中の蓮華の蕾の中に生れ、生前の信仰の深さに従い、一夜ないし十二大劫を経て蓮華が開け、悟りを開く。娘が九品蓮台のいずれかに生れたものと夢に見て、早くその花が開いてほしいと願う親心。「ちかつく」の「ち」は「ひ」を擦消訂正。
この丁以降、最終丁（190・191詠）までの八丁すべての上部余白に、192～218詠の計二七首の書入れがある。佐藤恒雄『藤原為家全歌集』の扱いにならい、これらは最終丁本文詠の次に排列した。

161
いまはたゞねてもさめてもいたづらにしほるなみだぞかたみなりける　」五二オ

【現代語訳】
今はただもう、寝ても覚めても常に、空しく泣き濡れる涙こそ故人の形見であることよ。

【語釈】○しほる　湿る。びっしょりぬれる。「しぼる」ではない。

【参考】「わりなくも寝ても覚めても恋しきか心をいづちやらば忘れむ」（古今五七〇、読人しらず）

162
ひきかけて思ひやはせし四つのをゝむかへの雲にしらぶべしとは

【現代語訳】
全くそんな事になろうとは思っても見ただろうか、あの子の好きだった琵琶の音色を、弥陀来迎の雲の中の調べとして聞こうとは。

【語釈】○ひきかけて　関係をつけて。「ひき」「かけ」共に「緒」の縁語。「かけて」は「全然」の意をかける。○四つのを　四絃。琵琶の異称。「ひき」はその縁語「弾き」でもある。○むかへの雲　阿弥陀仏が死者を浄土に迎えるために乗って来る雲。二十五菩薩が琵琶をはじめ管絃を奏でて従う。○しらぶ　演奏する。

【補説】典侍は藤原孝時長女孝孫前に琵琶を学んだ。「又この（孝孫）弟子にては（中略）大納言民部卿為家ときこえ給ひし人の姫君、後には仙洞に参り給ふ、大納言典侍とぞ申すめりし、この人々いづれもなだらかなる御事と聞え給へり」（文机淡第四冊、巻五）。これ以降、中陰供養（九月二日）にかかわる歌。

163

たまづさのはちすにつけてなぐさめどこひしき事はやむ時もなし　」五二ウ

〔現代語訳〕

あの子の残した消息類を、法華経の料紙とする事で心を慰めるけれども、それでも恋しい事はやむ時ともないよ。

〔語釈〕 **○たまづさ**　手紙。「たま」は「蓮」の縁語。**○はちす**　妙法蓮華経をいうのであろう。故人の筆跡の裏に法華経を写し、供養したものと見える。

164

みればありみねばかげなきますかゞみのりの心にうつしてぞしる

〔現代語訳〕

見れば映像があり、見なければ何もありはしない鏡よ。これがいわゆる非有非空の象徴であろうかと、仏法の心にてらして知ることだ。

〔語釈〕 **○ますかゞみ**　真澄鏡。鏡の美称。**○のりの心に……**　諸法の実相は、有でもなく空でもない中道であるという仏法の真理をいう。「うつし」は「鏡」の縁語。

〔補説〕　摩訶止観に説く天台宗の観想法、一心三観（空観・仮観・中観を同時に観想する法）、すなわち「すべての事象は実体がない（空）。しかし縁によって仮に存在する（仮）。故にそれらは非有非空である（中）。この三真理は三でもなく一でもない」という思想による作。典侍遺愛の鏡を供養の布施にしたについての詠か。以上三首、ねんごろな供養のさまを知るに足る。

165

けふは又みやこをたびといそぐともおもかげならでみえんものかは　」五三オ

〔現代語訳〕

中陰仏事を終えた今日は又、今は住みなれぬ旅宿のように思われる京の本邸に戻る用意をするにつけても、そこにあの子の姿は幻影ならぬ現実として見えるものだろうか。（いや、見えはしないのに、何でこんなにそわそわ支度をして京に戻らねばならないのだろう）

〔参考〕「いつの間に身を山がつになしはてて都を旅と思ふなるらむ」（新古今八四八、顕輔）「老ののち都を旅と思ふにぞさらに仮なる世とぞ知らる丶」（中院集九一、為家）

〔語釈〕**○みやこをたびと**　京の家を旅宿のように思う。参考顕輔詠は山里で愛人を失い喪籠、たまたま出京し、再び山里に戻る時の詠である。**○いそぐ**　準備する。支度する。

〔補説〕参考為家詠は文永四年（一二六七）正月または二月。続百首、旅題。典侍没後四年、七十歳を迎えての感慨である。以下、中陰明け前後の揺れ動く心境詠が続く。

166

かなしさはかぎるにかぎるわが身かなさらぬわかれをよそにきくにも

〔現代語訳〕

悲しさは、もうこれがぎりぎりの極限、これ以上苛酷な事はありえないとすら思える我が身であるよ。逃れられぬ別れとして、親との死別を語る人の言葉をよそ事として聞くにつけても。

〔参考〕「老いぬればさらぬ別れもありといへばいよ〳〵見まくほしき君かな」（古今九〇〇、業平母）「世の中にさらぬ別れのなくもがな千代もとなげく人の子のため」（同九〇一、業平）

〔語釈〕**○かぎるにかぎる**　限界という中にもこれ以上の極限はない。**○さらぬわかれ**　参考古今詠による老親との死別。

〔補説〕親の死について長々しく語る人を前にして、筆舌に尽くせぬ自らの悲嘆を思い、黙然たる老父の姿。「かぎるにかぎる」の特異な表現が悲痛である。

167

四つのをに五つのさはりひきかへてにしの雲井にきくぞうれしき　」五三ウ

〔現代語訳〕

故人の愛した琵琶を仏前の捧物とし、それによって女の五障を除き去って往生を遂げさせ、西の空、浄土のあたりにその微妙の音色を聞くのが嬉しい。

〔語釈〕**○四つのを**　琵琶の異名。**○五つのさはり**　五障。女性が生れながらに持つ五つの障害、梵天・帝釈・魔王・転輪聖王・仏身になれぬという障害。「四つ」に対し「五つ」と言う。「ひき」も琵琶の縁語。

〔補説〕162詠とともに、中陰の布施として仏前に捧げた、典侍手馴れの琵琶に寄せたものであろう。

168

つみもあらじよひのしらつゆを《（お）》きかへりあさひのゝちにきえはてしかば

〔現代語訳〕

あの子には成仏できないような何の罪もないはずだ。夜の間の白露のようにそのまま消えるかと思ったのに、はっきり起き直って念仏を唱え、朝日のさし出たのちに露のように消えて行ったのだから。

〔参考〕「まろねする夜半の白露おきかへり目だにも見えで明かす比かな」（赤染衛門集二二一）

〔語釈〕**○よひのしらつゆ……**　→109。「おき」「きえ」は「つゆ」の縁語。

〔補説〕109に同様の臨終描写が見える。その悲嘆を反転して後世への期待とする。

169

ふるさとにすみこしかたときてみればそのおもかげのたゝぬまもなし　」五四ォ

〔現代語訳〕

故里である京の家に、娘の住んでいた所と思って来て見ると、その面影の浮ばぬ間もない。（まことに耐えられないことだ）

〔参考〕「年をへてすみこし里を出でていなばいとゞ深草野とやなりなむ」（古今九七一、業平）

〔語釈〕○すみこし　「すむ」には「居住」の意以外に、「夫婦同棲」の意がある。

〔補説〕典侍と道良との婿取婚の場として提供した。祖父俊成以来の九条邸を訪れての感懐か。あるいはその後住んだであろう冷泉邸二条面を言うかと思われるが、参考歌を思い合せれば九条邸の方がふさわしい。なお190詠参照。

170

うつゝとはおもひわかねどゆめならでみしにもにたる人のおもかげ

〔現代語訳〕

現実のものとは分別しかねるけれども、確かに夢でなくて見た、その時とそっくり同じ娘の面影が眼先に浮ぶよ。

〔参考〕「夢ならで又も逢ふべき君ならば寝られぬ寝《い》をも嘆かざらまし」（詞花三九四、相如）「逢ふことも今はなきねの夢ならでいつかは君を又は見るべき」（新古今八一一、上東門院）「夢かとよ見しにも似たるつらさかな憂きはためしもあらじと思ふに」（狭衣物語九五、女二の宮）

〔補説〕「見しにもあらぬ」の用例は多いが、「見しにも似たる」は参考詠以外、はるか後代雪玉集（実隆）一九九九の一例のみ。しかも右狭衣詠は物語二百番歌合（定家撰）四六、風葉集（為家撰か）九八九に入る。これが作者の脳裏にあったと臆測する事は無理ではあるまい。なおこの語は175にも用いられている。

171
よかは山まことののりのはなゝればかきながすにもさとりひらけよ　」五四ウ

〔現代語訳〕
横川の山寺に納めるこの供養経は、真実に心をこめた法華経でありますから、書き写すにつけて悟りが開けるよう、お導き下さい。

〔語釈〕 **○よかは山**　比叡山三塔の一、横川。根本中堂の北方にあり、首楞厳院はじめ諸堂がある。**○のりのはな**　法華経。**○かきながす**　経を書く事に「川」の縁語「掻き流す」をかける。**○ひらけ**　「開き」の自動詞形。「花」の縁語、特に蓮の花に用い、「開悟」の意を含める事が多い。

〔補説〕　供養の一環として法華経を横川に納めたのであろう。

172
大ぞらの四へにへだつるくものうへにあか月またでやみははるらん

〔現代語訳〕
大空の、四重にも隔てる雲——常楽我浄の四波羅密の雲の上に、龍華の暁を待たずして迷いの闇は晴れることだろう。

〔語釈〕 **○四へ**　四波羅密（涅槃の備える四徳）をいうか。常（常住）楽（安楽）我（自在）浄（断惑）。**○あかつき**　龍華三会の暁。釈迦入滅の五十六億七千万年後、弥勒が下生し、すべての衆生を救う暁。

〔補説〕　仏涅槃にあやかって、典侍もはるか遠い弥勒下生を待たず、直ちに往生するであろう事を祈る。「四重に隔つる雲の上」というのは珍しい表現で、仏法で代表的な「四」と言えば四波羅密、と考えたが、如何。

173

ちかきだにちかのしほがまとひこぬをおもひあればや人のとひくる　」五五ォ

〔現代語訳〕

近い所にいる人さえ、千賀の塩竈ではないが遙かなもののように思って尋ねて来ないのに、真心があるからに違いないね、あなたが尋ねてくれるのは。

〔参考〕「陸奥のちかのしほがま近ながらはるけくのみも思ほゆるかな」（古今六帖一七九九）「陸奥のちかのしほがま近ながらからきは人にあはぬなりけり」（続後撰七三八、読人しらず）「わが思ふ心もしるく陸奥のちかのしほがま近づきにけり」（古今六帖一七九七、山口の女らう、続後撰八一二、山口女王）

〔語釈〕**○ちかのしほがま**　陸奥の歌枕、千賀の浦。宮城県宮城郡、松島湾南西、塩竈の浦に同じ。「近し」をかける。参考歌により、「近いが遠いもの」というイメージが定着している。

174

を《お》とにきくちかのしほがまとを《ほ》けれどひとつおもひはまづかよひけり

〔現代語訳〕

話に聞く、千賀の塩竈は遠いけれども、私とあなたと一つの思いは、まっ先に通いあうことだよ。

〔補説〕この二首、本作中珍しく歌枕「千賀塩竈」を用い、かつ弔問者に対し肯定的に受入れている。この弔問者は安嘉門院四条、阿仏ではあるまいか。風雅集には次の贈答がある。

女のもとへ、近き程にある由おとづれて侍りければ、今夜なむ夢にみえつるは塩竈のしるしなりけり、と申して侍りけるに、つかはしける　為家

行きてだに身こそこがるれ通ふなる夢のたゞぢのちかのしほがま　（一一〇四）

返し　安嘉門院四条

身をこがす契りばかりかいたづらに思はぬ中のちかのしほがま　（一一〇五）

千賀の塩竈は古今六帖に二首見える歌枕であるが、為家がこの二首を続後撰集に入れたのが勅撰集におけるこの語の初出、次は続後拾遺の為氏詠一首、そして風雅のこの二首である。千賀の塩竈は為家の好みの歌枕、そして阿仏との関係を象徴する二人だけのキイワードではなかったか。京に帰った悲傷の為家に、阿仏は早速弔問の消息を送り、為家は16 17 130 140 141のような後向きの態度でなく、喜んで弔問を受入れている。そのようにこの二首につき想像をめぐらす事も可能ではなかろうか。岩佐「恋のキイワード――為家と阿仏の場合」（隔月刊『文学』平19・9-10）参照。

なお阿仏はこの年為相を生むが、同年三月には住吉・玉津島社歌合に参加しているところから、出産は或いは秋冬の頃かとされる（井上宗雄『中世歌壇史の研究南北朝期』福田秀一『中世和歌史の研究』）。すなわち典侍没の頃、阿仏は懐妊中あるいは出産直後であったかと思われる。188詠参照。

175

あはれよにみしにもにたるひともがなさてもなぐさむ心ありやと　」五五ウ

〔現代語訳〕

ああ、この世に、亡き子にせめて似た人でもあればなあ。そんな事ででも悲しみをまぎらわせる気持が得られるかもしれないと思うから。

〔参考〕「夢かとよ見しにも似たるつらさかな憂きはためしもあらじと思ふに」（狭衣物語九五、女二宮）「思ひ寝の夢に重ねし小夜衣さてもなぐさむつまとこそなれ」（宝治百首三二二六、公相）

〔語釈〕 **○さても**　さ、ありても。せめてそうあってでも。

〔補説〕 170詠参照。本詠の「みしにもにたる」は更に一そう哀切である。「ひと」は「つら」の上に重ね書。すなわち為家筆原本において、狭衣詠につられて思わず書きあやまった痕跡を残すものであろう。

176

いまよりはうきもうしとな思ひそとつげしにつけてなを《ほ》ぞかなしき

〔現代語訳〕

これからはもう、辛い事も辛いと、そんなに思い込むのじゃないよ、と言い聞かせたにつけても、当の私はやはり悲しくてならない。

〔参考〕「うきもうしつらきもつらしとにかくに心ある身になに生れけむ」（拾玉集三四四一、慈円）

〔語釈〕 **○な思ひそ** 「な……そ」は禁止の意であるが、「……な」より弱く、懇願的な禁止をあらわす。「どうか……してくれるな」の意。

〔補説〕「な思ひそ」と告げた相手は、その噛んで含めるような語気からして、典侍の忘れがたみの少女、九条左大臣女であろう。中陰明けに当り、心を一新するようさとしたものと思われる。

177

なごりとてたのむひかずもすぎ行くにわかれはいまとねぞなかれける　」五六ォ

〔現代語訳〕

これだけがせめて亡き人の名残であるとして頼む、中陰の日数も過ぎて行くにつれて、集っていた人々とも別れる、同時に故人ともいよいよ別れるのは今、と思えば、声をあげて泣けてしまうことよ。

〔参考〕「数ふれば昔語りになりにけり別れは今の心地すれども」（千載五八五、有仁室）「いかなれば別れは今の心地して世はあらぬ世になりはてぬらん」（成通集一二）

〔補説〕 参考二詠はともに死別後年月を経て、それを現在のごとくに回想する詠であるが、為家は「別れは今」の句を中陰明けによる喪籠者の別れと、忌服の浅くなる事による故人への名残にかけて用いている。

178

さだかにもみるべきものをおもかげにやがてたちそふわがなみだかな

〔現代語訳〕

せめてはっきりとでも見る事ができればよいものを、あの子の面影が浮べばすぐにそこに加わって、目を霞ませてしまう私の涙よ。

〔参考〕「さだかにもえやは見えける春の月隔てて遠く霞む山もと」（為家集一一七、文永八年後鳥羽院忌日）「春霞かすみそめぬる外山よりやがて立ちそふ花の面影」（拾遺愚草一八二九、定家、句題五十首）

〔語釈〕**○やがて**　直ちに。**○たちそふ**　加わる。接頭語「たち」に「面影」の縁語「顕ち」をかける。

〔補説〕艶麗な定家詠の言葉を、全く異なった雰囲気で活用している。

179

わかれてはしぬばかりこそなげきしかうきにたえ《（へ）》ても月日へにける　」五六ウ

〔現代語訳〕

別れた時には、今すぐ死ぬかと思う程嘆いたのだのに、思えばよくも悲しみに耐え、生きて月日を経て来たことよ。

〔参考〕「死ぬばかり嘆きにこそは嘆きしか生きてとふべき身にしあらねば」（後拾遺一〇〇一、小式部内侍）「何かいとふよもながらへじさのみやはうきにたへたる命なるべき」（新古今一二二八、殷富門院大輔）「手もふれで月日へにける白真弓起き伏し夜は寝こそ寝られね」（古今六〇五、貫之）

〔語釈〕**○たえても**　耐えて、よくまあ。「も」はその受ける語句を感動的に強調する助詞。

〔補説〕もう死んでしまう、死ぬ方がまし、と思いつつ、命つれなく生きている現実を見つめる。

180

よのならひ身のつねなさをうらみてもとを《(ほ)》きわかれを恋ひぬひはなし

〔現代語訳〕

生死は避け難い世のならい、決してあてにならぬ現身の無常さを恨みつつも、今は遠くなってしまった我が子との別れを恋い慕わぬ日はないよ。

〔参考〕「いかばかり思ふらむとか思ふらむ老いて別るゝ遠き別れを」（拾遺三三三、元輔）「駿河なる田子の浦波立たぬ日はあれども君を恋ひぬ日はなし」（古今四八九、読人しらず）「草枕旅にしあればかりこもの乱れて妹に恋ひぬ日はなし」（続後撰一三一八、読人しらず）「うきにはふ芦の下根の水こもりにかくれて人を恋ひぬ日はなし」（為家集九六六、貞永元年三月洞院摂政家百首）

〔補説〕世間無常を骨身にしみて知りつつも、そのかりそめの現し身であった愛娘との別れを慕う矛盾。しかしそれでこそ親であり、人間である。

181

のりのはなさとる一日の道なればたからのいけにいまひらくらし　」五七オ

〔現代語訳〕

法華経の教えをさとるための、この一日経の道行であるから、その功徳は蓮の花となって、極楽の宝池に今こそ開くのであるらしいよ。

〔参考〕「すゝむればさこそさとりの法の花一つの塵の末もひらけめ」（為家集一七六四、文永元年三月十日）

〔語釈〕 **○のりのはな**　法華経。またその象徴たる蓮の花。**○たからのいけ**　極楽浄土の宝池。観無量寿経に、第五観八功徳水想として、七宝の蓮華を浮べた摩尼水の池の描写がある。**〇一日の道**　七々日供養の一として、一日経を書き、弔ったのであろう。

〔補説〕横川納経（171）、一日経（本詠）、高野山分骨（210）と、手厚い妙行供養が重ねられる。この一日経を横川へ納めたか、または別の催しかは不明。

182

めぐりこむつらき月日をたのみにてなれぬる人もけふかへるなり

〔現代語訳〕めぐり来るであろう、一年後の辛いその月その日をせめての頼みとし、（その折逢いましょうと約束して）中陰の間なれ親しんだ人々も今日それぞれの家に帰ることよ。

〔語釈〕**〇めぐりこむ……**　一周忌の命日をさす。

〔補説〕喪籠の人々との別れを惜しみ、来るべき一周忌の再会を約する。その日のめぐり来るのは耐え難い事でもあるのだが。以下五首、いよいよ忌明けを迎える感懐。

183

うちつゞきとぶらふかねのを《お》とづれもとを《ほ》ざかりなんほどぞかなしき　」五七ウ

〔現代語訳〕引き続き、七日々々に打ち鳴らし供養して来た仏事の鐘の音も、また人々の弔問も、これからは間遠になって行くであろう、その今後の日々が悲しいことだ。

〔参考〕「忘れずといかでか君に知らすべきとぶらふ鐘の音なかりせば」（高遠集三八三）「うきもののさすがに惜しき今年かな遠ざかりなん君が別れに」（千載五六二、後一条院中宮宣旨）

〔語釈〕**○うちつゞき**　接頭語「うち」と「鐘」の「打ち」をかける。**○をとづれ**　「鐘の音」と人の「訪れ」をかける。**○とをざかりなん**　「なん」は「きっと…なるであろう」と必然を予想する意。

〔補説〕弔問を受ける辛さを繰返しうたって来た作者であるが、それが遠ざかる事もまた悲しい。「をとつれ」は、「お」の上に「を」と重ね書し、更に右に「を」と傍書している。

184

かぎりあるひかずといひてなれきつるなごりの人もたちわかれつゝ

〔現代語訳〕

制限のある日数が来たからといって、日頃馴れ親しんで来た、故人の名残の親族知人達もそれぞれ別れて行くことよ。

〔語釈〕**○かぎりあるひかず**　喪籠の四十九日間。これをもって喪籠者は解散する。

185

けふは又みやこのかたといそげどもありしわかれにかへるひもなし　」五八オ

〔現代語訳〕

今日は再び、都の家に帰ろうと支度するけれども、帰るといっても、かつての死別の日に帰る日とてもないのだ。

〔参考〕「いかゞせんありし別れを限りにてこの世ながらの心変らば」（続後撰八四九、定家）

〔語釈〕**○ありし**　以前の。往時の。

〔補説〕165詠と相似た心情を、異なる角度からうたう。

186

つれもなく又ふるさとにかへりきてまだありけりと人にとはれん

〔現代語訳〕
心強くも、又京の旧宅に帰って来て、まだ生きていましたかと知人の誰彼にたづねられることだろうか。

〔参考〕「春霞へだつとならば梅の花まだありけりと風に知らすな」（成通集五）「これ聞けや花見る我を見る人のまだありけりと驚きぬなり」（頼政集六八）

〔語釈〕**○つれもなく**　「も」は強調。冷淡にも。帰京する自己の姿を客観視していう。

〔補説〕「まだありけり」とは周囲の人々以上に、為家自身の思いでもあったであろう。

187

ある人の返し

なべてよのならひにすぎてしほるかなうきはさがの、秋のしら露　」五八ウ

〔現代語訳〕ある人の弔問への返歌。
一般世間の定例にもはるかにまさって、びっしょりとぬれることですよ。辛いのはこの地の持つ性格、と言われる嵯峨野ではありますが、この秋の白露（私の涙）は、それにしても何と辛いことでしょう。

〔参考〕「今はさはうき世のさがの野辺をこそ露消えはてしあととしのばめ」（新古今七八七、俊成女）

〔語釈〕**○しほる**　湿る。びっしょりとぬれる。**○うきはさがの**　「性《さが》」に「嵯峨野」をかける。参考詠による。

〔補説〕「ある人の返し」は為家詠に対する他者の返歌ではなく、ある人に対する為家の返歌であろう。内容的にそう考えるのが妥当である。参考詠は俊成女が母八条院三条を嵯峨に葬送した時の歌。但し本詠の詞書の書きぶりは五二丁以来の上部余白書入れのようにも見えるが、その場合これを受けるであろう217詠とは書写形態が位置的に離れすぎていて不自然な上、同詠は独詠の趣が強い。かたがた、上記のように考えておく。佐藤恒雄『藤原為家全

歌集』本詠脚注も同様の見解である。「にすき」は不明三字の上に重ね書。

188

ひとすぢにならぬこゝろのかなしさはそむくべきよのしたふなりけり

〔現代語訳〕

これだけの事があっても、一筋に遁世してしまおうとは思えぬ心の悲しい事は、背くはずの現世の事柄が、なおあとを追い、引きとめるからだよ。

〔参考〕「千歳まで命たへたる鶴なれば君が行き来をしたふなりけり」（貫之集七四七）

〔語釈〕 **○したふ**　関心・愛着をもってあとを追う。

〔補説〕「そむくべき世の慕ふ」ものは、典侍の残した二人の孫と見るのが表向きであろうが、なお阿仏腹の為相（当時出生直前か直後か）の存在も大きかったと思われる。174詠参照。

189

かへりきてみれどもみえぬおもかげにありともなしのねこそなかるれ　」五九オ

〔現代語訳〕

もとの家に帰って来て、見ても見ることのできない娘の面影ゆえに、生きているとも思えない自分は、ただ声を出して泣けてしまうばかりだ。

〔参考〕「まことかと見れども見えぬ七夕は空になき名を立てるなるべし」（貫之集二三一）「月夜には見れども見えず梅の花香をたづねてぞ知るべかりける」（御所本躬恒集二六〇）「今は世にありともなしの身の程を思ひ出でても見ゆる月かな」（為家集七八七、正嘉元年七月）

〔語釈〕 **○ありともなしの**　存在しているとも思えない。生きている甲斐もない。

【補説】「見れども見えぬ」「ありともなし」の対比的趣向。165詠参照。

190

あと〻ひしあとをだにとてきて見れば又いまさらに物ぞかなしき

【現代語訳】

せめて娘が亡夫を弔っていたあとをだけでもと思って、その場所に来て見ると、又今更のように何もかも悲しいことだ。

【参考】「しるべなき緒絶の橋に行きまどひ又いまさらの物や思はん」（拾遺愚草七一九、定家）

【語釈】 **○あと〻ひしあと**　故人を供養していた遺跡。「あと」の繰返しの技巧。

【補注】「源承和歌口伝」の「訓説おもひ〳〵なる事」には、典侍に注して「二条禅尼」としている。これは夫道良本来の家号なる摂家「二条」をさすのではなく、為家の冷泉邸二条面をさすと考えるのが妥当であろう。典侍が晩年、出家して夫の菩提を弔っていた、その一室を訪れての感懐である。なお169詠参照。

191

なき人のを《（お）》もかげそはぬねざめだに秋のならひはかなしかりしを　「五九ウ

【現代語訳】

故人の姿かたちが浮んで来るような事のなかったその昔の寝覚であっても、秋のならいとして、悲しいものであったのに。（ましてこの秋の悲しさは言いようもない）

【参考】「見し夢を忘る、時はなけれども秋のねざめはげにぞ悲しき」（新古今七九一、通親）「月を見る秋のねざめの心こそなぐさみながら悲しかりけれ」（為家集六〇三、建長五年七月）

【語釈】 **○ならひ**　習慣。通性。

〔補説〕かつての参考為家詠を想起しての詠であろうか。これをもって最終丁を終るので、一往の結語と考えれば、「秋のならひはかなしかりしを」は「秋思歌」のまとめとしてふさわしい。

うきながらさてもこゝろのとまるやとおもふにもにずふる涙かな

〔現代語訳〕
辛いとは言いながらも、それでもこの悲しむ心の止まる事もあろうかと思うにもかかわらず、降るように流れ落ちる涙よ。

〔参考〕「うきながら人を忘れんこと難みわが心こそ変らざりけれ」（後撰一二八三、読人しらず）「うきながらさてもある世の身を捨てて誰が為とてか人を恋ふらん」（為家集一一八六、嘉禎三年）「ぬき乱る涙の玉もとまる《もしばし（続後撰）》やと玉の緒ばかり逢はむといはなん《逢ふ由もがな（続後撰）》」（拾遺六四七、読人しらず、続後撰七一一、貫之）

〔語釈〕〇さても　そうであっても、まあ。

〔補説〕これより五二丁表にもどり、各二首、五八丁以下は各一首、料紙上部・字間に書入れる。「心のとまる」は「心がひきつけられる」意ではなく、「悲嘆の心の止まる」意であろう。珍しい用法であるが。

なにとしてあるにまかせてすぐすべき身のことは《わ》りに猶なげくらん　」五二オ上

〔現代語訳〕
一体どうして、あるがままにまかせて生きて行くべきだという人生の道理にもかかわらず、やはりこんなに私は嘆くのだろう。

〔参考〕「つらからむ後の心を思はずはあるにまかせてあるべきものを《すぎぬべき世を（玉葉）》」（和泉式部続集一二、玉葉一五二〇）「世の中はあるにまかせてすぐすかな答へぬ空をうちながめつゝ」(月清集九四五、良経)「忘らるゝ身のことわりと知りながら思ひあへぬは涙なりけり」(清少納言集一)「なべて世の人のたぐひに思ふらん身のことわりをいかで知らせん」(為家集一四六二)「いかにせん聞く昔にもあらぬ世に身のことわりも思ひ定めず」(同一四六四、共に建長五年十月)

〔語釈〕 **○身のことはり** 自らの当然あるべき道理。

〔補説〕 自らの運命を「身のことはり」と甘受しながら、なお「なにとして」と納得しかねる思いは、為家の生涯を貫くものであったらしい。次詠参照。

なにとして我のみかゝる身をうけて又たぐひなくもの思ふらん

〔現代語訳〕

どういうわけで、私一人こんな不幸な身に生れて、他に類のないほどに物思いをするのだろう。

〔参考〕 「中空に身をうき雲のなにとしてつらき月日をなほ残すらん」(為家集一四九二、嘉禄元年三月二十九日)

〔補説〕 「なにとして」の用例は一般的にさほど多くはないが、為家は新撰六帖一、為家集五、中院集一、五社百首一、夫木抄一、そして秋思歌四、計一三例もこれを用いている。その中には「和歌の浦あまのしわざの何としてさすが変らぬ跡のこすらん」(為家集一五三一、建長五年八月)のような、和歌・神仏への頌歌五例、残る八例は「どうしてこんな……」と負の感情をあらわす。その集中例を秋思歌に見るのは、人情の自然でもあろうが、それを離れても、この語の愛用は為家その人の性格を考える上に興味深く思われる。

195

ひとゝきのはなの心をいろぞとてたのめばちりぬみる人もなし　」五二ウ上

〔現代語訳〕　ほんの一時だけ盛りであるに過ぎない花の本性であるものを、美しい色だと思って頼りにすれば直ちに散ってしまった。もう見る人もない。（そのように愛娘を失った私の失望をどうしたらよいのだ）

〔参考〕「色ぞとは思ほえずともこの花に時につけつゝ思ひ出でなむ」（大和物語四七、女）「頼まれぬ花の心と思へばや散らぬさきより鶯のなく」（興風集六八）「小倉山紅葉ふりしく谷かげのあとなき庭は見る人もなし」（夫木一四四八一、為家、建長三年）

〔補説〕　案外に類歌が少い。全く観念的な歌であるが、詠出時の為家の心が惻々と伝わり、哀切である。

196

つゆしぐれそめてかつちるもみぢばのもろきは老いのなみだなりけり

〔現代語訳〕　露や時雨に、赤く染めたかと思うと忽ち散る紅葉葉のように、もろく落ち散るものは老人の涙であるよ。

〔参考〕「露時雨染めはててけり小倉山今日や千入の峰の紅葉葉」（新勅撰三四七、範宗）「露霜に染めてかつちる木枯の森の梢は名こそしるけれ」（為家集八二八、正嘉三年）

〔補説〕「染めてかつ散る」は参考為家詠と二例のみの作者独自句。「老いの涙」も為家に多い。118詠参照。

197

いきぬ身と思ひなしてし世の中のなを《（ほ）》かなしきはこゝろなりけり　」五三オ上

〔現代語訳〕　どの道何程長くも生きぬ身であると、強いて思い慰めた世の中が、しかしながらやはり悲しいのは心というものの是非なさゆえだ。
【参考】「ありと見て頼むぞ難きうつせみの世をばなしとや思ひなしてむ」（古今四四三、読人しらず）
【補説】「生きぬ身」は他に用例皆無。「もはや何程も生きぬ身」の意を、上略して、打ちつけに初句に置いたのは異様でもあるが、思いつめた心の表現として有効である。この前後、「命」と「心」を見つめて悲痛。192以下の上部書入れ諸詠が、191で一旦本文をしめくくった後、なおあきたらずしての追加であろう事を内容的にも推測させるようである。

198

かぎりあるいのちなればやなき物とおもひなすよのなを《ほ》もかなしき

【現代語訳】

人間は所詮限りある命なのだから、あの子もこれが定められた寿命で亡くなったのかと、強いて思いあきらめるこの世の、しかしやはり悲しいことよ。

【参考】「別れてはいつあひ見んと思ふらむ限りある世の命ともなし」（後撰一三一九、伊勢）「今までに散らずはあれど桜花なきものとのみ思ほゆるかな」（古今六帖四一八六、躬恒）

【語釈】**○なき物**　運命的に定まった死。またその人。

【補説】前歌の激情を和らげて詠み直した趣。逆接条件を示す「なきものを」（……ではないのになあ）ではなく、「無（亡）き物」という用例は、勅撰集には見当らない。202詠にもこの言葉が使われている。

199

ある物とたのまるゝこそかなしけれおなじけぶりにそはぬばかりを　」五三ウ上

【現代語訳】

この命を、世にある物と頼みにされる事こそ本当に悲しい。あの子の火葬の時、その煙に同じく立ち添って昇り、消えてしまわなかった、ただそれだけの事なのに。

〔参考〕「来たりとも言はぬぞつらきあるものと思はばこそは身をば恨みん」（和泉式部集二〇一）「あるものとか、げつくすぞあはれなる風の前なる窓の燈」（為家五社百首六七五、文応元年）「母北の方、同じ煙にのぼりなむと泣きこがれ給ひて」（源氏物語、桐壺）「名に立たむ後ぞ悲しき冨士のねの同じ煙に身をまがへても」（為家集一〇九六、建長三年九月十三日）

〔補説〕「亡き物」に対し、為家を「ある物と頼む」のは、やはり典侍の遺児達であろう。彼等のためになおも生きねばと思いつつ、そうまでもせねばならぬ運命を恨む。

いまさらにさてもへぬべきこのよかと思ふにつけてよこそつらけれ

〔現代語訳〕

今更、こんなに嘆きながらも生きて行くべきこの世なのだろうかと思うにつけて、そういうならわしの世間が恨めしいことだ。

〔参考〕「影清き雲居の月をながめつゝさても経ぬべきこの世ばかりを」（拾遺愚草三八四、定家）「堅木こるたつきの斧の柄を弱み思ひ切られぬ世こそつらけれ」（新撰六帖五八二、為家）

〔語釈〕 **○さてもへぬべき**　然ても経ぬべき。こんな状態でも生きて行かねばならぬ。

〔補説〕中陰が明ければ、社会的には悲嘆に沈んでいる事は許されない。感情を封印し、さりげなく生きて行かねばならぬ辛さを、以下数首今更のように噛みしめる。

201

いかにせんこゝろのそこのかなしさをよにしたがふもなみだおちつゝ　」五四ォ上

〔現代語訳〕

ああどうしたらよかろう、この心の底の悲しさを。世間の習慣に従って生きて行くにつけても、涙が落ちるばかりなのに。

〔参考〕「暁の嵐にたぐふ鐘の音を心の底にこたへてぞ聞く」（千載一一四九、西行）「池水の心の底の濁りこそ清きはちすの宿りなりけれ」（為家五社百首二一九、文応元年）「おのづからまことを知れる人までも世にしたがふを世のならひにて」（拾玉集五二六七、隆寛）「老いらくのあはれ我が世も白露の消えゆく玉に涙おちつゝ」（拾遺愚草員外四九五、定家）

202

なき物と思ひなしてもかなしきは我にもあらぬこゝろなりけり

〔現代語訳〕

今は亡き人である、仕方がないと無理に思ってみても悲しいのは、私の自由に任せない心であるよ。

〔参考〕「ありと見て頼むぞかたきうつせみの世をばなしとや思ひなしてむ」（古今四四三、読人しらず）「とふや誰我にもあらずなりにけり憂きを嘆くは同じ身ながら」（和泉式部続集四五八）

〔補説〕二首、現実に生きて行かねばならぬ悲傷を率直にうたって切実。198詠参照。

203

さきだちしわかれなればやおもふよりかねてなみだのまづこぼるらん　」五四ウ上

〔現代語訳〕

親に先立って逝った、あの子の別れだからだろうか、その事を思うや否や、何にも先立って涙が先ずこぼれるのだろう。

〔参考〕「桜花咲かば散りなんと思ふよりかねても風のいとはしきかな」（後拾遺八一、永源）

〔語釈〕**○かねて** 予ねて。早くも。前もって。

〔補説〕涙先立つ原因を、先立った別れに求める。

太政の大ゐ《い》どの、御文に

ことの葉にやがてみだれん露なればとはぬをあきのなさけとはしれ

〔現代語訳〕太政大臣公相公のお手紙に添えられた歌。
お悔みの言葉にも、きっとすぐに涙が乱れ落ちる事と思いますので、今までお尋ねしなかった事を、この秋の御不幸に対する私の同情の心と思って下さい。

〔語釈〕**○太政の大ゐどの** 西園寺公相。貞応二〜文永四年（一二二三〜一二六七）。前年七月辞退し、前太政大臣であるが、この年太政大臣は空位。四一歳。**○露** 涙。「葉」の縁語としていう。

〔補説〕為家は母が西園寺公経の姉妹、その縁で公経の猶子ともなる。公相は公経孫、実氏男。このような関係から、権門西園寺家は常に御子左家の庇護者の立場にあった。上位者ゆえに取込み最中はむしろ弔問を遠慮し、程経てから見舞う心を心遣いと、これに感謝する贈答。これのみ弔問者名とその悼歌である事を明記する所に、その特殊な位置が知られる。この二首は料紙を横にし、綴じ目を下にして書入れられている。なお料紙の上端左右に合点があるが、意味不明。五六オにも同様の合点がある。

御返し

205
よのつねのあきこそつゆもみだれけれとふにつけてはきえぬべき身を　」五五オ上

〔現代語訳〕　世間普通程度の秋の不幸でありましたなら、露ならぬ涙が乱れ落ちるぐらいの事でもありましょう。おたずね下さるにつけては、そのまま消えてしまう程の激しい悲しみの身でありますものを。（今まで弔問をお控え下さった思いやりを感謝いたします）

〔参考〕「つれ〴〵とながむる空の時鳥とふにつけてぞ音はなかれける」（後撰一八五、女）「白玉か何ぞと人のとひし時露と答へて消えなましものを」（伊勢物語七、男、新古今八五一、業平）

206
たまづさは人のかたみにまちみよとけさはつかりのこゑぞきこゆる

〔現代語訳〕　雁に託して、亡き娘の手紙が届くかもしれない。故人の形見と思って待っていてごらん、というように、今朝、初雁の声が聞えるよ。

〔参考〕「植ゑていにし《おきし（家持集）》秋田刈るまで見えこねば今朝初雁の音にぞなきぬる」（古今七七六、読人しらず、家持集二九六）「物思ふ心の通ふ雲井には今朝初雁も音をのみぞなく」（雲葉集四三三、資隆）「秋山の木の葉も色や変るらん今朝初雁はなきて来にけり」（宝治百首一四二八、成茂）

〔語釈〕　**○たまづさは……**　蘇武が匈奴に捕われた時、雁の足に手紙を結びつけて漢土に送ったという、雁書の故事（漢書）による。**○はつかり**　九月、はじめて北方から渡って来る雁。

〔補説〕「今朝初雁の」はありふれた歌語のように思われるが、実は用例は新編国歌大観中、参考にあげた三例のみである。ほとんど用いられていない古今詠を見事に取った為家の力量の程を見るべき一首。

207

なげかるゝこゝろのうちをかきつけばかぎりもあらじみづくきのあと　」五五ウ上

〔現代語訳〕 こんなに嘆かれるばかりの心の中を、次々と書きつけて行ったならば、終る事もあるまいよ、こうして筆にする歌の言葉は。

〔補説〕 延々と続く自らの営みをふと反省した、つぶやくようなただこと歌である。そう言いつつ、なおも詠歌は続く。

208

ある人のはかなくひかずもすぎぬと申したる御返事に

とを《ほ》ざかる月日にそへてかなしきはいきてとはるゝいのちなりけり　」五六オ上

〔現代語訳〕 ある人が、「あっけなく日数も過ぎて行ってしまうこと」と言われたお返事に詠んだ歌。仰せのように遠くなって行く月日の数に加えて悲しいのは、空しく生きていてこうして御弔問を受ける命であります。

〔参考〕 「逢ふことを月日にそへて待つ時は今日行末になりねとぞ思ふ」（拾遺六八〇、読人しらず）「死ぬばかり嘆きにこそは嘆きしか生きてとふべき身にしあらねば」（後拾遺一〇〇一、小式部内侍）

〔補説〕 弔問者にとっては「はかなく」過ぎる日数、しかし作者にとっては、命を削られるような悲しみの中に、しかし生きて行かねばならぬ月日である。なおこの紙面にも五五オと同様の合点がある。

209

かりそめの人のすがたをたのみにてつらきこゝろの又やまどはん

〔現代語訳〕無常の現世に仮にあらわれるだけの人の姿と知りながら、それを頼みにして、辛く苦しい私の心は、又も迷うことだろうか。

〔参考〕「うけがたき人の姿に浮び出でてこりずや誰も又沈むべき」（新古今一七五一、西行）

〔補説〕理性では割切れない親心として、今なお眼前に浮ぶ典侍生前の姿を拭い切れない。

210
おもひきやたかの、の山に思ひやりて我はみやこにとまるべしとは　「五六ウ上

〔現代語訳〕思いもしたことだろうか、高野山にいとしい娘の遺骨を納め、その様子を思いやりながら、自分は都にとどまって居ようとは。

〔語釈〕**○たかのゝ山**　高野山金剛峯寺。真言宗総本山、空海開基。

〔補説〕高野山へ分骨に当り、逆縁となった事を悲しむ。本来なら自分が納骨され、典侍は生きて都にとどまったであろうものを。

211
みを《お》きてもなにかへるらんこよひだにあらしのほかにありとしらせて

〔現代語訳〕高野山に遺骨の納入を見届けておいて、使は何で帰って来るのだろう。山に嵐の吹き荒れる今宵すら、都の父親はその嵐をよそに安閑としていると、亡き魂に知らせるかのように。（実は私の心は遺骨と共に嵐の中にあるというのに）

【参考】「なげきこる身は山ながら過ぐせかしうき世の中になに帰るらん」（新古今一六八七、赤染衛門）「ひぐらしのなく夕影の柴の戸を嵐のほかにとふ人もがな」（後鳥羽院御集八一四）

【補説】「あらしのほか」は参考後鳥羽院詠以外に用例皆無。しかも後鳥羽院詠は「嵐以外に」の意であるが、本詠は「嵐の圏外に」の意で、全く異なっている。一首は難解であるが、一往右のように訳してみた。如何。

212

もえこがれけぶりとなりしかたみとて見るかひなきはなみだなりけり　」五七ォ上

【現代語訳】

なきがらが燃え焦がれて煙となったかたみとしては、これしかないと思いつつ見ても、何の甲斐もないものは、その時と同じく今も流れる涙だよ。

【参考】「もえこがれ身を切るばかりわびしきは嘆きの中の思ひなりけり」（相模集三〇四）「もえこがれ身にも余ると知らせばや蛍よりけにむせぶ心を」（為家五社百首二一〇、文応元年）「もえこがれ嘆くもはてはいかにぞと飛火の野守いざたづね見ん」（為家集一一二〇、文永二年七月）「消えにける衛士のたく火のあとを見て煙となりし君ぞ悲しき」（後拾遺五九二、赤染衛門）「見し人の煙となりし夕より名ぞむつましき塩釜の浦」（紫式部集四八）

【語釈】**○もえこがれ**　燃え、焼け焦げて。火葬のイメージに、はげしく思いこがれる意を重ねる。**○かたみ**　記念物。火葬時に流した涙をさす。

【補説】「もえこがれ」は用例の少い句であるが、為家は「もえこがるらめ」（為家集一一一一、文永八年正月）を含め、四回も用いている。

213

けふごとにいそぎしきくのはなのなどを《お》のがちとせをゆづらざりけん

〔現代語訳〕
毎年の今日、九月九日ごとに、重陽の節供のために用意しもてはやした菊の花は、どうして自分の千年の寿命を、あの子に譲ってくれなかったのだろう。

〔参考〕「谷の松おのが千歳に春やなき古き緑の知らぬ一入」（拾遺愚草員外五六七、定家）「万代の君にひかれて子日よりおのが千歳をのべの松原」（正治百首二二〇五、信広）

〔語釈〕 **○けふ** 九月九日、重陽の節供。菊の宴を催し、菊酒・菊の綿をもてはやす。**○いそぎし** 準備した。**○をのがちとせ** 自分の千年の齢。松の千歳を言うのが通例のようだが、ここでは菊水の川水を飲めば長寿を保つという故事による。

〔補説〕 九月九日詠。菊花に対して、我が子の短命を恨む。

214

こぞの秋のけふいかなりし事とのみひかずにつけてしのぶかなしさ　」五七ウ上

〔現代語訳〕
去年の秋の今日、どんな事があったっけ、とばかり、日数を思うにつけて追憶する悲しさよ。

〔補説〕 一年前の今日には健在であった愛娘。その時は夢想だにしなかった今年今日の悲しみと対比して、悲嘆を新たにする。誰にも共感できる思いである。

215

世の中よいかにかせましものごとにするゑになり行くあきの心を　」五八オ上

〔現代語訳〕
ああ、この世の中よ、どうしたらいいだろう。物皆一つ一つ、衰え、滅びに向って行く秋の本性を。

〔参考〕「穂には出でぬいかにかせまし花薄身を秋風に捨てや果ててん」（後撰二六七、道風）「とゞまらむ事は心にかなへどもいかにかせまし秋の誘ふを」（新古今八七五、実方）「晴れ曇りさも定まらぬ心かないかにかせまし秋の夜の月」（為家集六〇四、建長五年七月）「物毎に秋ぞ悲しきもみぢつゝうつろひゆくを限りと思へば」（古今一八七、読人しらず）「事毎に悲しかりけりむべしこそ秋の心をうれへといひけれ」（千載三五一、季通）

〔語釈〕**○いかにかせまし**　どうしたらいいだろう（しかしどうにも出来ない、の意を下にこめる）。**○あきの心**　「秋」の本来的に持つ性格。また、一字とすれば「愁」となる。

〔補説〕外題「秋思歌」にこめられた思いを凝縮したような一首である。これで大尾としてもよさそうな所、なお未練とも見える三首を付する事に、親心の哀れを見る。

あしがらの山のあなたのたびねにもおなじよなればを《お》とづれぞせし　」五八ウ上

〔現代語訳〕

足柄山の彼方、はるか東国で旅寝する人でも、同じ世であるから音信はあったものを。（幽明境を隔てたあの子からは音信一つない）

〔参考〕「大空の月の光をあしがらの山のこなたは秋にぞありける」（興風集三四）「み吉野の山のあなたに宿もがな世のうき時のかくれがにせむ」（古今九五〇、読人しらず）

〔語釈〕**○あしがらの山**　神奈川県西南部、足柄山。箱根山に連なる。東海道の要衝で、古く関があった。

〔補説〕古今集以来、隔絶した地域であった「山のあなた」も、東国との音信が開けた当代では、さしも遠くとも「同じ世」になった。建長五年（一二五三）五十六歳の時は為家自身東下してもいる。それと引きくらべて、音信の由もない生死の隔てを思う。

217

あるはうくなきはかなしきこのよこそむくひを《(お)》きける身さへつらけれ　」五九オ上

〔現代語訳〕生きている子は無情で、亡くなった子はひたすら悲しいこの世というものこそ、こういう辛い結果を招くに至った我が身さえ恨めしいことだ。

〔参考〕「あるはなくなきは数そふ世の中にあはれいづれの日まで嘆かん」（新古今八五〇、小町）

〔語釈〕**○このよ**　「此の世」と「子の世」をかける。**○むくひをきける**　返報を招くように仕組んでおいた。

〔補説〕在世の子、為氏・為教とは相互に融和せず、心労の種。愛娘には死なれ、すべてを自らの積んだ業の報いと観ずるより外ない。

218

なきを恋ひあるをおもふも《なげくも》こを思ふこゝろのやみのはるゝよぞなき　」五九ウ上

〔現代語訳〕亡き子を恋い慕い、現存の孫の薄幸を嘆くにつけても、子を思う心の内の闇の晴れる時とてないことだなあ。

〔参考〕「人の親の心は闇にあらねども子を思ふ道にまどひぬるかな」（後撰一一〇二、兼輔）

〔補説〕前歌と二首、それぞれ有名な古歌をふまえて、子を失った親心の闇を愬えて余す所がない。全編二百余首をしめくくるにふさわしい巻軸歌である。しかも「あるをなげく」には、前歌同様、当時すでにきざしていたであろう、長男為氏・次男為教と三者三様の軌轢の存在も暗示され、この前後に生れる為相との関係もからんで、この後なお十年余も続く為家の苦悩をも予言する、象徴的な作ともなっている。

秋夢集

1

けふよりはさつき、ぬとてあしびきの山だのさなへいまやとるらん

〔現代語訳〕　今日からは、さあ、五月が来た、というわけで、山田では早苗を今こそ取り植えるのだろうなあ。

〔参考〕「いつの間にさつききぬらむあしびきの山郭公今ぞ鳴くなる」（古今一四〇、読人しらず）「さみだれに日も暮れぬめり道遠み山田の早苗とりもはてぬに」（後拾遺二〇五、隆資）「我が宿の花橘も咲きにけり山田の早苗今やとるらん」（夫木二六八二、小弁、家集）「晴れがたきその五月雨のなほ降れば山田の早苗今やとるらん」（田多民治集四八）「おしなべて五月来ぬとや足引の山田の早苗とらぬ日もなし」（宝治百首九四三、為氏）「今よりは五月なりとやいそぐらん山田の早苗とらぬ日ぞなき」（同九二九、公相）

〔語釈〕　**○けふ**　五月一日。**○あしびきの**　「山」の枕詞。**○とる**　苗代の早苗を取って水田に植える。

〔補説〕　夏六首。類想歌は多いが、宝治百首の為氏・公相詠が最も近い。続後撰集（建長三年〈一二五一〉撰歌資料として宝治二年（一二四八）本百首が召された時、典侍十六歳。すでに公的歌人として、同年八月二十九日鳥羽殿御幸に、現存第一作（32詠参照）を詠じている。続後撰集撰歌過程も、父為家の身近でまのあたりにしていたはずである。百首作者にこそ選ばれなかったが、最も関心深かったであろう作品群であり、多くをこれに学んだ事は疑いない。本詠はその成果として、為氏・公相詠よりもむしろ、季節到来の心の気負いを素直に端的に詠じて、す

っきりとまとめている。

2 たづねくる人なきやどはみちたえて心のまゝにしげる夏くさ

〔現代語訳〕
尋ねて来る人もない私の家は、通う道さえなくなってしまって、庭一ぱい、思うままに茂っている夏草よ。

〔参考〕「たづねくる人もあらなん年をへて我がふる里の鈴虫の声」（後拾遺二六九、四条中宮）「人目なくあれ行く宿は夏草の心のまゝにしげる庭かな」（宝治百首一〇三六、俊成女）「故郷の露のよすがをしるべとや払はぬ庭にしげる夏草」（同一〇三二、安嘉門院高倉）

〔補説〕これも宝治百首俊成女詠との関連があろうが、同時に正元元年（一二五九）、夫道良没後の実感がうらづけをなして居よう。率直でしみじみと心を打つ。

3 なを《ほ》ぞげに夏のならひといひながら月みるほどのよはゝみじかき

〔現代語訳〕
やっぱり本当に、夏の常とは言いながら、月を見ている間の夜の時間は何と短いこと。

〔参考〕「手にむすぶ岩間の水に秋は来て月みるほどの夜半ぞみじかき」（正治後度百首四八七、信実）

〔補説〕おそらく信実詠を念頭に置きつつ、これを夏に引き直したものであろう。「なほぞげに」「夏のならひと」はありそうな表現ながら、新編国歌大観では他に用例がない。

4 あま雲のたへ《え》まもみえずかきくれてひかずのみふるさみだれのそら　」一オ

〔現代語訳〕

空の雲の、切れ目も見えぬ程すっかり暗く曇ったままで、日数ばかり積り、降り続く五月雨の空よ。

〔参考〕「さてもなほいつか晴るべき日数のみふるのの沢の五月雨の空」（正治百首三二七、守覚法親王）「おしなべてたえまもみえぬ五月雨の雲の外にや月はすむらん」（洞院摂政家百首四四八、成実）

〔語釈〕○ふる 「経る」と「降る」をかける。

〔補説〕これまでの諸作を見ただけでも、宝治百首のみならず先行百首類をよく読み、学んでいた事が推測できる。典侍の精進ぶりがしのばれよう。

ほとゝぎすくもぢにとを《ほ》きゝそめていま一こゑと猶ぞまたるゝ

〔現代語訳〕

時鳥よ。そのかすかな声を、雲の彼方の遠くにはじめて聞いて、ああ嬉しい、待ったかいがあった、でももう一度聞きたいと、なおも待たれることだ。

〔参考〕「ほとゝぎす雲路にまどふ声すなり小止みだにせよ五月雨の空」（金葉一二六、経信）「行きやらで山路くらしつほとゝぎす今一声の聞かまほしさに」（拾遺一〇六、公忠）「聞きてしもなほぞまたるゝ時鳥なく一声にあかぬ心は」（新勅撰一四六、紀伊）「声はして雲路にむせぶ時鳥涙やそゝくよひの村雨」（新古今二一五、式子内親王）

〔語釈〕○くもぢ 雲路。雲の中の道。月・鳥などの通るものとしていう。

〔補説〕時鳥詠の先蹤を襲ってはいるが、「雲路に遠く聞きそめて」は独自の表現で、実感をこめ、美しい。

6

中〳〵にまたでやみましほとゝぎす心つくさぬはつねなければ

〔現代語訳〕 ああもういっそ、ためしに待たないでいてみたいものだ、時鳥よ。毎年々々、いつ鳴いてくれるかと気をもみ、心をわずらわせずに聞くその初声、というものはないのだから。

〔参考〕「またで聞く人に問はばや時鳥さても初音や嬉しかるらん」（千載一五四、覚盛）「たが里にまたで聞くらん時鳥こよひばかりの五月雨の声」（新勅撰一七五、師賢）

〔語釈〕 **○みまし** 試みたい。

〔補説〕「またでやみまし」は以前に用例なく、後進歌人に「初音をばまたでやみまし時鳥さてもや我につれなからぬと」（嘉元百首一〇一八、公顕）「つれなさをしばし忘れて時鳥またでやみまし有明の空」（新後拾遺六六六、為世）がある。本詠の影響か否かは不明。

7

いつしかと身にぞしみけるおぎ《を》のはにけふゝり《き》そむる秋のはつかせ

〔現代語訳〕 もう早速に、身にしみて淋しく感じられることだよ。軒端の荻の葉に音立てて、今日、立秋の日に吹きはじめる、秋の最初の風よ。

〔参考〕「常よりも身にぞしみける秋の野に月すむ夜半の荻の上風」（千載二九〇、頼実）「いつしかと秋のはじめを今日とてやまづ身にしみて風ぞ涼しき」（宝治百首一二二三、為氏）「秋のくる朝の空の天つ風今日はいつしか身にぞしみける」（同一二二六、為継）

〔語釈〕 **○いつしかと** 早速に。季節が到来するや直ちにの意。「いつの間にか」ではない。**○おぎ** 荻。水辺や湿地に自生するイネ科の多年草。葉や穂は薄に似て、より大きく、風にそよぐ音が秋や恋人の到来を告げると詠まれた。

〔補説〕　これより秋七首。初秋詠として常套的ではあるが、先行歌より単純化されてむしろ実感がある。

8

ながむるはおなじゆふべのそらもなど秋とてもの、かなしかるらん　」一ゥ

〔現代語訳〕　あてどなく遠く視線を放って物思いに沈むのは、いつも同じ夕暮の空であるのに、どうして秋と言えば一入物悲しい気持をそそられるのであろう。

〔参考〕「里わかず同じゆふべに行く春を我ぞ別れと誰をしむらん」（宝治百首七六四、続拾遺一四四、基家）「思ひやる心ぞ遠きただいまの同じゆふべやながめわぶらん」（壬二集三〇九六、家隆）

〔補説〕「おなじゆふべ」もありそうな句だが案外少い。基家詠は「同じ三月尽の夕」。家隆詠は「他所における今現在の同一の夕」。これに対して本詠は「四季いつも同じであるはずの夕」で、意味が異なる。一首としては右二詠に比して素直に、普遍的な思いを詠む点ですぐれている。

9

かなしさもなぐさめがたき夕ぐれをげにうき物としかもなくなり

〔現代語訳〕　季節の催す悲しさも、慰めようもない気持でいるこの夕暮に、本当にそうだ、秋の夕暮は辛いものだと、鹿も鳴いているようだよ。

〔参考〕「いとゞしくなぐさめがたき夕暮に秋とおぼゆる風ぞ吹くなる」（後拾遺三一八、道済）「吹きおろす嵐なら

ではとふ人もなぐさめがたき秋の山里」（宝治百首三六九〇、忠定）
〔補説〕以上三首、型通りの秋思という以上に、しみじみとした悲傷の思いがこもる。亡夫に寄せる哀情であろう。

10

かげきよきみたらしがはゝ秋のよの月さえ（へ）猶ぞすみまさりける

〔現代語訳〕
　物皆の姿が清らかに映る御手洗川の川面に（映る月影を）見れば、明らかなのが当然な秋の夜の月さえ、一入澄んだ光を増して見えるよ。
〔参考〕「聞きわたるみたらし川の水清み底の心を今日ぞ見るべき」（金葉五九二、国基）「泉河のどけき水の底みれば今年は影ぞすみまさりける」（拾遺六一六、兼盛）
〔語釈〕**○みたらしがは**　山城の歌枕、京都市北区上賀茂神社の境内を流れる御手洗川。
〔補説〕澄む月を賞するのに、その直接の光よりは水面にある映像の方がよりすぐれているとした所に工夫があり、御手洗川の神聖さを強調している。

11

秋ふかきほどぞしらるゝもみぢばの色まさりゆくよものこずゑに

〔現代語訳〕
　秋が深まった事がつくづく実感されるよ。紅葉の色がまさって行く、四方の梢を眺めて。
〔参考〕「夜の更くる程ぞ知らるゝ燈のほのかに残る窓の中には」（宝治百首三二七一、鷹司院帥）「千鳥なく佐保の河霧立ちぬらし山の木の葉も色まさりゆく」（古今三六一、素性）「かきつらね飛ぶ雁がねの涙にや色まさりゆく水茎の岡」（建保名所百首四一五、壬二集七三四、家隆）

〔補説〕「色まさりゆく」は珍しい歌語ではないが、第五句に置くのが通例で、第四句に置いて第五句の形容文節とする事は比較的稀である。

12
われさへにえこそねられぬ《ね歟》きり〴〵すながきよすがらあかしかねつゝ

〔現代語訳〕（その声を聞けば）私までも寝るに寝られないよ、鳴きしきるこおろぎよ。長い秋の夜一夜、ほとほと明けるのを待ちかねて。

〔参考〕「我さへに袖は露けき藤衣君をぞ立《(ママ)》ちて着ると聞くには」（本院侍従集三三）「我さへに涙ぞおつる秋風にしのびもあへぬ虫の声々」（千五百番歌合一三六七、越前）「我さへにまた偽になりにけり待つといひつる月ぞかたぶく」（続古今九八四、後嵯峨院、弘長二年十首歌）「きり〴〵す秋のうければ我もさぞ長き夜すがら鳴きあかしつる」（堀河百首八二七、基俊）「つく〴〵と窓うつ雨の春の夜を老の旅寝はあかしかねつゝ」（為家集九四、建長五年正月）「物思ふ老のねぶりは暁の鐘よりのちも明かしかねつゝ」（同一四一七、建長五年八月）

〔語釈〕**〇さへに**　までも。**〇きり〴〵す**　現在のコオロギ。

〔補説〕「われさへに」は比較的用例が少い。虫の音に寄せる孤愁の思いは常套的ではあるが、また作者の境涯から来る実感でもあろう。

13
を《(お)》とはしてなを《もらず》しぐるゝこのは哉まばらにふけるすぎのいたやに　」二オ

〔現代語訳〕音だけはするが、雫はもらぬ所を見ると、それは時雨として聞える、降り落ちる木の葉の音だよ。まばらに杉板を葺いた、貧しい家の屋根に。

【参考】「まばらなる真木の板屋に音はしてもらぬ時雨や木の葉なるらん」(千載四〇四、俊成)「杉の板をまばらにふけるねやの上に驚くばかり霰降るらし」(後拾遺三九九、公資)

【語釈】**○いたや**　板屋。板で葺いた屋根。また、板葺屋根の粗末な家。

【補説】参考冬二詠を巧みに取り、落葉を時雨とまがう晩秋詠としている。第二句、「なを」の訂正は作者自身によるか。書写の誤りとしては不自然、かつここは「もらず」でなければ趣向が成立しない。

14

いつしかとしぐれにしるし神無月けさこそ冬のはじめなりけれ

【現代語訳】

早速に降って来る時雨で、はっきりとわかるよ、もう十月。今朝こそは冬の始めだったのだ。

【参考】「神無月降りみ降らずみ定めなき時雨ぞ冬の始めなりける」(後撰四四五、読人しらず)「いつしかと降りそふ今朝の時雨かな露もまだひぬ秋の名残に」(長秋詠草二六一、続古今五四二、俊成)「我妹子が上裳の裾の水波にけさこそ冬は立ちはじめけれ」(千載三九四、小大進)「同じ枝を分きて木の葉のうつろふは西こそ秋のはじめなりけれ」(古今二五五、勝臣)「今ぞ聞く荻の葉分けのそよさらに風こそ秋のはじめなりけれ」(宝治百首一二九六、師継)

【語釈】**○いつしかと**　↓7。**○しるし**　著るし。明らかである。

【補説】7詠と同趣の季節感である。これより冬歌六首。

15

あさな〳〵ころもでさむくを《(お)》くしもにうらがれてゆく《まさる》のべのふゆくさ

【現代語訳】

朝々ごとに、袖を寒々と感じさせるばかり、あたり一面に置く霜に、淋しげに葉先から枯れまさって行く、野原の冬草よ。

〔参考〕「あさな〳〵立つ河霧の空にのみうきて思ひのある世なりけり」（古今五一三、読人しらず）「あさな〳〵霜おく庭の草むらの残る緑も見えずなりゆく」（正治百首一七六三、生蓮《師光》）「秋風に衣手寒く更くるまでなほ十六夜の月ぞ待たるゝ」（為家集六一五、建長八年四月）「ながめやる衣手寒く降る雪に夕闇知らぬ山の端の月」（拾遺愚草九六六、正治百首一三六九、定家）「花さきし秋のさかりは過ぎはてて霜をいたゞく野辺の冬草」（久安百首一一五四、上西門院兵衛）

〔語釈〕 **○ころもで**　衣手。袖。**○うらがれまさる**　末枯れ勝る。草葉の先端や梢の先から枯れて行く状態が、次第に強まって行く。

〔補説〕平凡な歌のようだが、「衣手寒く」は用例少く、「うらがれまさる」は他に用例を見ない。訂正前よりすぐれた表現であるのは論を俟たず明らかであろう。「野辺の冬草」は参考所引例以外、宝治百首「寒草」題の二〇九七・二一〇七・二一一二に集中的に用いられている。

16

うちつけにいつともわかぬ月かげをふゆはゆきともまがひけるかな

〔現代語訳〕まあ、軽はずみなことに、いつと季節によって違うこともない月の光を、冬には雪ではないかと見間違えたことだよ。

〔参考〕「うちつけに濃しとや花の色を見むおく白露の染むるばかりを」（古今四四四、名実）「三吉野の山より雪は降りくれどいつともわかぬ我が宿の竹」（古今六帖四一一八、貫之）「波とのみ一つに聞けど色見れば雪と花とにまがひけるかな」（土左日記三〇、ある人）「秋だにも思ひまがへし夜半の月冬はさながら雪にぞありける」（宝治百首二二九五、定嗣）

〔語釈〕 **○うちつけに**　軽率に。「まがひけるかな」にかかる。

〔補説〕 冬の月を雪と見るという発想、また「まがひけるかな」という措辞は陳腐なようだが、ともに和歌には案外少い。本詠は参考宝治百首詠のように持ってまわった表現でなく、ありのままにさらりと詠んで共感できる作である。

17

みちもなくあけぬよのまにしらゆきのつもるやせきのとざしなるらむ

〔現代語訳〕

通る道も全くなくなる程に、まだ明けない夜の間に白雪が一面に積った、これが関所でもないのに関所のようにきびしく閉ざした、隔ての扉なのだろうか。

〔参考〕 「道もなく積れる雪にあとたえて故郷いかに淋しかるらん」（金葉二九二、皇后宮肥後）「降るまゝに跡たえぬれば鈴鹿山雪こそ関のとざしなりけれ」（千載四六七、良通）

〔語釈〕 **○あけぬ**　「明けぬ」に「開けぬ」をかけ、「関のとざし」の縁語。「道」も「関」の縁語。

18

冬のいけにつがはぬをしのうきねにはむすぶこほりも猶やさむけき　」二ウ

〔現代語訳〕

冬の池に、対となる相手もなくひとり浮く鴛鴦の頼りない寝姿を見ると、池に張りつめた氷も（寄り添って暖めあう事もならず）一入寒く感じられることだろうか。

〔参考〕「ひとり寝る我にて知りぬ池水につがはぬをしの思ふ心を」（千載七八七、公実）「冬の池のつがはぬをしは小夜中にとびたちぬべき声聞ゆなり」（和泉式部集七〇）「涙河枕流るゝうきねには夢もさだかに見えずぞありける」（古今五二七、読人しらず）

〔語釈〕**〇つがはぬ**　雌雄一対とならぬ。単独の。**〇うきね**　浮寝。水に浮いたまま寝ること。「憂き寝」をかける。

〔補説〕12詠同様、平淡ながら実感ある孤閨の情である。

19

ふみわけんことだにをしきはつゆきにみちゆき人もとをらざらなん

〔現代語訳〕

（一面まっ白に積って）踏み分けて歩く事さえ惜しく思われる初雪だのに、通行する人もどうか通らないでほしいよ。

〔参考〕「待つ人の今もきたらばいかゞせむ踏ままく惜しき庭の雪かな」（詞花一五八、和泉式部）「うつろはむ事だにをしき秋萩を折れぬばかりも置ける露かな」（拾遺一八三、伊勢）

〔語釈〕**〇みちゆき人**　通行人。ここでは特に旅人をさす意ではない。

〔補説〕幼げな詠み口ながら、専ら趣向に頼った17詠より実感はある。

20

わすれじといまゆくするをたのめてもしらぬいのちのほどぞかなしき

〔現代語訳〕

決して忘れはしない、と、現在将来をかけて約束するものの、しかしいつまで生きていられるかわからない、はかない命のあり方こそ悲しいことだ。

〔**参考**〕「わすれじの行末までは難ければ今日を限りの命ともがな」（新古今一一四九、儀同三司母）「たのみありて今行く末を待つ人や過ぐる月日を嘆かざるらむ」（新古今一八三九、行遍）「逢ふ事はいつともなくてあはれわが知らぬ命に年を経るかな」（金葉四六六、経信）「奥山の松葉にこほる雪よりもわが身世にふる程ぞ悲しき」（続後撰五一三、紫式部）

〔**語釈**〕**○たのめ**　頼みに思わせる。あてにさせる意の他動詞下二段連用形。**○しらぬいのち**　未来の見当のつかない命。

〔**補説**〕これより恋十二首。冒頭の誓いからすでに「知らぬ命」の程を予測する恋は、作者の短く終った結婚生活を反映する。歌頭に「○●」の二つの合点あり。

思ひやるかたこそなけれいづくともゆくゑ《（へ）》しられぬ人のつらさは

〔**現代語訳**〕

想像し忖度する、その方向さえつかめないよ。一体どの方角に動いて行くとも予測できぬ、恋人の恨めしい心の内は。

〔**参考**〕「思ひやる方こそなけれ押ふれど包む人目に余る涙は」（新勅撰六六五、資賢）「思ひやる方こそなけれ海人小舟乗りすてらるゝ恨みする世に」（成尋阿闍梨母集一一六）「橘の小島は色も変らじをこの浮舟ぞゆくへしられぬ」（源氏物語七四二、浮舟）

〔**語釈**〕**○思ひやる**　おしはかる。推測する。

〔**補説**〕以下、恋歌は概ね型通りで特色に乏しい。その事がむしろ、道良との結婚生活の円満さを思わせる。

22

あひみしはとを《（ほ）》ざかりゆくとし月をわすれずなげくわがこゝろかな

〔現代語訳〕

愛しあった日々は、はるか昔に遠ざかって行く年月であるものを、いまだに忘れず嘆き悲しむ私の心であることよ。

〔参考〕「あひみしは夢かと常に嘆かれて人に語らまほしき頃かな」（重之女集七五）「秋をへて遠ざかりゆく古を同じかげなる月に恋ひつゝ」（為家集六七七、安貞元年）「あすまでの命もがなと思ひしはくやしかりける我が心かな」（新古今一一五五、西行）

〔他出〕続拾遺一〇五六、題しらず。

〔語釈〕**○あひみしは**　男女、契りを結んだ時期は。

〔補説〕道良との安定した愛の生活をいとおしみ嘆く、真情に満ちた詠。続拾遺集一連の絶恋の歌の中でも、ぬきんでて心を打つ一首である。

23

おく山のひかげのたにのさねかづらたづねてもなどくる人のなき　」三オ

〔現代語訳〕

私の身は、奥山の日陰の谷に生えている真葛《さねかずら》のようなもの。「人にしられでくるよしもがな」という古歌のように、わざわざたずねてでも、どうして葛を繰るように、来る人もないのだろうか。

〔参考〕「名にし負はば逢坂山のさねかづら人にしられでくるよしもがな」（後撰七〇〇、定方）「奥山の日かげの露の玉かづら人こそ知らねかけて恋ふれど」（新勅撰六八三、為家）「奥山の日かげのかづらかけてなど思はぬ人に乱れそめけん」（続後撰八六〇、後鳥羽院下野）「旅寝する宿はみ山にとぢられてまさきのかづらくる人もなし」（後拾遺一〇五二、経信）

〔語釈〕 **○さねかづら**　真葛。ビナンカズラ。山野に自生する常緑蔓性低木。「繰る」はその縁語。「来る」とかける。

〔補説〕 宮仕えもやめ、夫も失った寂寥感の惻々として迫るものがある。

24

たのめしをまつにを《お》とせであくるよはあはでもつらきあかつきのかね

〔現代語訳〕

約束したあの人を、待っているのに音信一つなくて明ける夜は、（後朝の別れの時を知らせるのが辛い、というのが普通だが）逢わなくても恨めしく思われる、暁の鐘よ。

〔参考〕「たのめしを待つに日比のすぎぬれば玉の緒弱み絶えぬべきかな」（後拾遺七三三、慶意）「谷の戸をとぢや果てつる鶯の待つに音せで春も過ぎぬる」（拾遺一〇六四、道長）「暁の鐘の声こそ聞ゆなれこれを入相と思はましかば」（後拾遺九一八、小一条院）「たのめしを忘れぬ床に幾夜まで待ちゆ《ママ》る方と月を見つらん」（為家集九九九、元仁元年）「うきが身の春の暮にぞ思ひ知るあはでもつらき別れありとは」（中書王御詠四九、宗尊親王）「うき物と聞くぞ悲しきまれに逢ふ心づくしの暁の鐘」（為家集一七一〇、貞永二年）

〔語釈〕 **○たのめ**　→20。**○あかつきのかね**　共寝の男女が起き別れる時刻を知らせる鐘。

〔補説〕 歌頭に「一」の合点あり。「あはでもつらき」という逆説的な表現は、他に用例があったか否か不明であるが、宗尊親王詠より素直で真情があらわれている。

25

つらしとて思ひすつるもかなはぬをやすくも《ぞ》人のわすれはてぬる

〔**現代語訳**〕

恨めしいといって、あの人を思い切ってしまおうと決心してもどうしてもそうはできないのに、何とまああっさりと、恋人は私の事を忘れ果ててしまったことよ。

〔**参考**〕「つらしとて我さへ人を忘れなばさりとて中の絶えやはつべき」（詞花二五一、読人しらず）「世の中はうき身にそへる影なれや思ひすつれどはなれざりけり」（金葉五九五、千載一一六一、俊頼）「我が君にあふみてふなるやす川のやすくぞ誰もすみわたるべき」（為家集一三一〇）

〔**他出**〕新後撰一二〇二、恋歌の中に、第五句「わすれはてける」。

〔**語釈**〕**○やすくぞ**　簡単にもまあ。参考為家詠の場合は「安泰に」で、全く異なる。

〔**補説**〕「やすくも」から「やすくぞ」への訂正はより強調を表に出した形である。歌頭に「○●」の合点および「新後」の集付を付す。新後撰集で結句を「わすれはてける」としているのは、回想・詠嘆の意を表面に出した勅撰集にふさわしい改訂である。「……ぬる」は後に京極派に愛好されるが、伝統和歌においては日常語として忌避されたものであろう。

26

思へどもえぞたのまれぬおほぬさのひくてあまたの人の心は

〔**現代語訳**〕

恋い慕っているけれども、どうしても信頼し切る事ができないよ。大幣《おほぬさ》を引っぱる人が沢山いるように、あちこちから引っぱりだこで浮気なあの人の心は。

〔**参考**〕「おほぬさのひくてあまたになりぬれば思へどえこそ頼まざりけれ」（古今七〇六、伊勢物語八七、読人しら

ず）

〔語釈〕　**○おほぬさ**　大きな串《くし》に麻・木綿などの四手《しで》をつけた幣帛。祓えの時、人々がその四手を引き寄せて身の穢れを移し、水に流した。**○ひくてあまた**　引く手数多。引き寄せる人が多い意。参考詠による。「おほぬさ」とともに浮気者、人気者の形容。

27　としふれどおなじつらさをうらみても《つゝ》ながらふる身やつれなかるらん

〔現代語訳〕
年月は経って行くけれど、いつまでも同様の恋人の無情さを恨みながら、なお生き続けている我が身こそは、恋人よりも一層無情だと言うべきなのだろうか。

〔参考〕「つれなさも人の心と知りながらおなじつらさを恋ひわたるかな」（為家集一〇二九、文永八年）「とゞまらぬ幾度秋の今日にあひておなじつらさを恨みきぬらん」（中院集二三、為家、文永三年）「あだ人のおなじつらさになりはてて我さへ更くる山のはの月」（弘長百首五四〇、家良）

〔補説〕「うらみても」は「恨んでいるが、まあそれでも」といった口吻が感じられて、悪くはないと思われるが、「年ふれど」と二回逆接が重なる事を嫌っての「うらみつゝ」への訂正であろうか。

28　いまはとてを《（お）の》がきぬ〴〵わか〇《る》れどとまるは人のなごりなりけり　」三ウ

〔現代語訳〕
今はもうその時が来たといって、それぞれ、打ち交した衣を取って着て、別れて行くけれども、それでもあとに残るのは、あの人の置いて行った何ともなつかしい雰囲気だよ。

〔参考〕「いまはとて別るゝ時は天の河わたらぬさきに袖ぞひちぬる」（古今一八二、宗于）「しのゝめのほがら〳〵と明けゆけばおのがきぬ〴〵なるぞ悲しき」（古今六三七、読人しらず）「有明の月見すひ《（ママ）》まにおきていにし人のなごりをながめしものを」（千載九〇七、和泉式部）

〔語釈〕○きぬ〴〵　後朝を言うが、ここでは古今詠の言葉を取り、実際に男女各自の衣を取って別れる姿をイメージさせて、下句に具体性を与える。

〔補説〕常套的恋歌ではあるが、「とまるは人のなごりなりけり」はいかにも作者の人柄を思わせる、穏かになつかしい言いまわしである。「の」は挿入記号なく傍書。

29

とにかくに心ひとつをくだくともかひもあるべき身の思ひかは

〔現代語訳〕

あれやこれやと、たった一つの心を幾つにも砕けるほど思い悩むけれども、そんな事をしても甲斐のあるこの身の思いだろうか。どうにもなりはしない恋の悩みなのに。

〔参考〕「秋はをし契は待たるとにかくに心にかゝる暮の空かな」（千載七四六、良経）「伊勢の海に釣するあまのうけなれや心ひとつを定めかねつる」（古今五〇九、読人しらず）「かひもあらじ夕は分きてながむとも心へだてて空の浮雲」（為家集一〇八八、嘉禎元年）「富士のねの雪間の煙よとともに消つ方もなき身の思ひかな」（為家集一一六二、寛喜元年）「宵々にうたがふ夢の外に又人の知るべき身の思ひかは」（洞院摂政家百首一〇五二、信実）

〔補説〕率直なただこと歌ながら、偽らぬ真情が流露し、作者の心境を如実に語っている。

30

人しれず思ふ心のくるしさをいろにいでゝ《て》やしらせそめまし

【現代語訳】

誰にも知られないように、ひそかに恋い慕う気持のこの苦しさを、いっそもう、態度に出してあの人に知らせはじめてしまおうかしら。（それもはしたないとは思うけれど……）

【参考】「いかでかはしらせそむべき人しれず思ふ心の色に出でずは」（拾遺六三四、邦正）

【語釈】**○しらせそめまし**　「まし」は疑問の助詞「や」を伴って迷い・ためらいをあらわす仮想の助動詞。

【補説】本来「初恋」の趣の詠である。ここに置くこと、如何。

31

ひとぞなを《ほ》うらみられけるくりかへしうき身からとは思ひなせども

【現代語訳】

つれない人を、やはり恨む気持になってしまうよ。繰返し〳〵、自分の身が拙ないためだ、あの人が悪いのではないと、思ってはみるものの。

【参考】「世の中のうきはなべてもなかりけり頼む限りぞうらみられける」（後撰一〇六一、読人しらず）「うき中の衣の裾の秋風は吹きかへすにぞうらみられける」（中院集三三、為家、文永三年）「うき身から人の辛きも知りぬればなほこの道よ踏みみずもがな」（流布本系伊勢大輔集一〇）「身のよそに思ひなせども行く春の名残はなほぞ物忘れせぬ」（弘長百首一三七、為家）

【語釈】**○うき身から**　不運な自分のせいで（こんな事になるのだ）。

【補説】以上、恋歌は必ずしも恋の経過に従った排列ではなく、未整理の状態を示している。孤閨の淋しさが目立ち、艶治の趣に乏しいのは、境遇上已むをえぬ所であろう。

32

いつとなく物ぞかなしきみ山なるときはの松のいろもかはらず

〔現代語訳〕

いつが、という事なしに、全く変化なくいつもいつも物悲しいことだ。深山に生える常緑の松が色の変らないのと同じ、私の悲しみも一向に和らごうともしない。

〔参考〕「何となく物ぞ悲しき菅原や伏見の里の秋の夕暮」（千載二六〇、俊頼）「深緑ときはの松の陰にゐてうつろふ花をよそにこそ見れ」（後撰四二、是則）「色かへぬときはの松の影そへて千世に八千代に澄める池水」（続後撰一三三五、後嵯峨院大納言典侍）

〔補説〕これより雑十三首。参考続後撰詠は、宝治二年八月二十九日後嵯峨院鳥羽殿御幸における、十六歳の作者の晴の献詠にして、しかも名誉の勅撰初入集歌である。以後十余年、「ときはの松」は全く異なる相貌をもって作者の心に映ずる。雑歌の冒頭に置いた所以であろう。

33

たびねしてつゆけきよはのくさまくらむすぶほどなきゆめぞはかなき　」四オ

〔現代語訳〕

旅寝をして、涙と露とでしっとりぬれた、夜半の枕よ。草枕を結び、夢を結ぶというが、ゆっくり安眠して見る事もできない夢の、何とはかないこと。

〔参考〕「とへかしな露けき夜半の草枕つらき人すら恋しきものを」（出観集七二六、覚性法親王）「夏の夜はなるゝ清水の浮枕むすぶ程なきうたゝねの夢」（拾遺愚草八二〇、六百番歌合二三九、定家）「暁の別れまでこそかたからめまだ更けぬ夜の夢ぞはかなき」（新撰六帖一四五四、信実）

〔語釈〕　**○むすぶ**　露・草枕・夢の縁語。
〔補説〕　平凡な歌と見えるが、同じような言葉続きを持つ歌は参考三首程度しか見当らない。

34
たび衣ふゆのひかずはかさねつゝあらしはげしくふきまさるかなり

〔現代語訳〕
　旅して行くと、旅衣を重ね着するよりも、冬の深まって行く日数ばかり重ねて行って、嵐もますます激しく吹きまさるように聞える。
〔参考〕　「この比の冬の日数の春ならば谷の雪解に鶯の声」（拾遺愚草二四〇五、定家）「年の内に冬の日数は残るとも去年とやいはむ春は来にけり」（宝治百首一〇、実雄）「年くるゝ冬の日数も過ぎぬまに重ねて春のいかで来ぬらん」（同二六、為継）「春立ちて昨日を去年と数ふれば冬の日数ぞなほ残りける」（同三三、鷹司按察）「敷妙の床の山風あやにくに一人寝る夜は吹きまさるなり」（続後撰八五八、為継）
〔語釈〕　**○たび衣**　単に「旅行」の意だが、「重ね」を出すために「衣」と言い、「嵐」に吹きさらされる旅人の姿を想像させる。
〔補説〕　「冬の日数」は正治二年の定家詠から宝治百首にかけ、主として知的趣向の中で用いられた語であるが、本詠では「衣」「重ね」の技巧はあるものの、ごく素直な表現として旅情をうたい得ている。

35
うゑてみるまがきのたけのいかなればうきふしゝげき世とはなるらん

〔現代語訳〕
　植えて眺めている、垣根の竹が、節々多く枝を繁らせるように、一体どうして、辛い折節ばかりが繁く積るこの世となるのだろう。

〔参考〕「うゐてみる籬の竹の節ごとにこもれる千代は君ぞ数へん」（千載六〇七、公教）「今更になに生ひ出づらん竹の子のうきふししげき世とは知らずや」（古今九五七、躬恒）

〔語釈〕○うきふし　辛い事柄、時期。「世」（節《よ》）とともに竹、また次詠では笹の縁語。

〔補説〕秋思歌159詠によれば、道良死去当時、典侍には八九歳程度の九条左大臣女のほかに、おそらく当歳、または妊娠中の子があったものと思われる。父の顔も知らぬ嬰児を見つつ、古今集躬恒詠は一入身にしみて共感されたことであろう。その心情の思われる一首である。

36

くらぶとものべのさゝはらわればかりよのうきふしのかずはまさらじ

〔現代語訳〕

野の笹原といくらくらべてみても、その節々の多さは、私の味わっているこの世の辛い節々の数以上には、まさる事はあるまいよ。

〔参考〕「枝の上に雪を置きながらくらぶとも誰かは梅にあらずとは言はむ」（躬恒集一一四）「あはれのみいや年のはに色まさる月と露との野辺の笹原」（拾遺愚草一三四〇、定家）「呉竹の世のうきふしや知らるらんなく音もしげき春の鶯」（実材母集四七二）「百羽掻はねかく鴫も我がごとく朝わびしき数はまさらじ」（拾遺七二四、貫之）

〔補説〕「くらぶとも」は参考躬恒詠のように、第三句に置くのが通例である。これを破って第一句に打出した所に、かく言わざるを得ない作者の悲痛な心情が流露している。「野辺の笹原」も定家の用例（他に続後拾遺四七九）以外前例がない。歌頭に「一」の合点がある。

37

なげきつゝいのちはさすがながらへてうき事つもる身をいかにせん

〔現代語訳〕

　歎き歎きしながら、惜しくもない命はそれでもやはり生きながらえていて、いやな事ばかり次々とふえるこの身を、一体どうしたらよかろう。

〔語釈〕　○さすが　そうはいっても、やはり。

〔補説〕　ありのままの無技巧平明な詠であるが、「命はさすが長らへて」に、若くして夫を失い、遺児のため生きて行かねばならぬ運命への歎きが如実に表現されている。後人詠「うしとても命はさすが捨てられずよその見まくのなほもほしさに」（嘉元百首二四七八、尚侍〈万秋門院〉）とは比すべくもない真率さの人を打つものがある。歌頭に「●」の合点あり。

38

なげかずよさはべのあしのうきふしもよしやいつまであらじと思へば　」四ウ

〔現代語訳〕

　歎きはしないよ、沢のほとりに生える芦の沢山の節のように、辛い折節がいくらあっても。ままよ、いつまで生きているわけでもない、と思うから。

〔参考〕　「歎かずよ今はた同じ名取川瀬々の埋れ木朽てはてぬとも」（新古今一一一九、良経）「鶴の住む沢辺の芦の下根とけ汀萌え出づる春は来にけり」（後拾遺九、能宣）

〔他出〕　続古今一四四〇、題しらず。

〔語釈〕　○ふし　折、また事柄。芦の縁語。○よしや　縦しや。ままよ、仕方がない、の意に、「芦」の異称「葭」をかける。

〔補説〕「沢辺の芦」は参考能宣詠以後、新古今時代に集中して数例が見られるが、主として「鶴」とかかわる叙景歌で、「ふし」を呼び出した述懐歌は本詠のみである。「よしやいつまで」は本詠が初例。平凡と見えながら実は新味ある表現で、作者の実感がこの形容を生んだと思われる。歌頭に「●」の合点あり。

39

思ひやるそなたのそらははるかにてながめのすゑのかぎりだになし

〔現代語訳〕

慕わしく思いやる、その方角の空は遥かに遠くて、つくづく眺める遠望の果ては、さえぎるものとてない。

〔参考〕「東路の旅の空をぞ思ひやるそなたに出づる月を眺めて」（後拾遺七二五、経信）「思ひかねそなたの空を眺むればたゞ山の端にかゝる白雲」（詞花三八一、忠通）「思ひあまりそなたの空を眺むれば霞を分けて春雨ぞ降る」（新古今一一〇七、俊成）「なか〳〵にながめの末は晴れにけり遠山の端の霞む曙」（正治後度百首三〇四、具親）

〔補説〕「ながめのすゑ」は「遠望の行きつく所」の意で、参考具親詠および同百首八七六宮内卿詠に初見、以後京極派後期までに好み用いられた特殊な語である（岩佐『宮廷女流文学読解考中世編』108頁以下参照）。本詠は旅情の表現としてこの語をよく生かして用いている。

40

ひかずふるあめにたみの、はし〴〵《柱》らくちてもこけのを《お》ひまさるかな

〔現代語訳〕

日数を経て降り続く雨のために、田蓑の橋の橋柱は、朽ちた上にまあ、更に苔がますます生い重なることだ。

〔参考〕「難波泻潮満ち来らしあま衣田蓑の島にたづ鳴きわたる」（古今九一三、読人しらず）「雨により田蓑の島を今日ゆけど名にはかくれぬものにぞありける」（同九一八、貫之）

〔語釈〕**○たみの**　摂津の歌枕、田蓑島。淀川河口、神崎川と左門殿《さもんど》川に挟まれた中洲、現大阪市西淀川区佃がそれか（寺尾美子『「中務内侍日記」注釈小考』駒沢国文28、平3・2、『大阪府の地名Ⅰ』日本歴史地名大系28、昭61）。蓑の縁で雨が詠まれる事が多い。**○くちても**　「も」はその受ける語句を感動的に強調する助詞。

〔補説〕「田蓑」といえば雨、または鶴、「橋柱」といえば長柄、稀に宇治等が詠まれるが、「田蓑の橋柱」を詠じたのは本詠のみである。「田蓑の橋」も他にない。現代では全く気づかないが、新しい景を創出した詠である。

41

むらさめのを《(お)》ときこゆなりかくばかりとふ人もなきくさのいほりに

〔現代語訳〕気まぐれな時雨の音が聞えるようだよ。こんなにも、尋ねる人もない淋しい草庵に。（人は来なくても雨は訪れてくれるのだ）

〔参考〕「春霞立つやおそきと山川の岩間をくゞる音きこゆなり」（後拾遺一三、和泉式部）

〔補説〕「音きこゆなり」は珍しからぬ表現であるが、これを第五句でなく、第三句に置いたのは本詠以外に例がない。この倒置法によって、閑居の村雨に驚かされて夫ありし日を思い、改めて寂寥をかみしめる哀切な心情が如実に表現されている。

42

身のうさやなをまさ《しら》るらんとし月にそへてすぎにしかたのこひしき

〔現代語訳〕我が身の辛さが、ますます思い知られる、という事だろうか。年月がたつにつれて、過ぎ去った昔がますます恋しく思われるよ。

〔参考〕「改めて今日しも物の悲しきは身のうさやまたさま変りぬる」（紫式部集一〇五）
〔補説〕これも平凡のように見えるが例の少い言葉続きである。三句以下句割れ句またがりで、流麗さは欠くものの、素直に心情が表白されている。「まさるらん」と、訂正後の「しらるらん」を比較すると、後者の方が「年月にそへて」という時間の経過、その中での心情の深まりがよりしみじみと表現される点ですぐれていると思われる。歌頭に「〇●」の合点あり。

43

あれはて、人めまれなるふるさとにありしながらにすめる月かな　」五オ

〔現代語訳〕
すっかり荒れ果ててしまって、人のたずねて来る事も稀なこの古いすみかに、その昔、幸せであった時と同じように、澄んだ光を放って照っている月よ。
〔参考〕「荒れはてて月もとまらぬ我が宿に秋の木の葉を風ぞ吹きける」（詞花一三六、兼盛）「をちこちの人目まれなる山里に家居せんとは思ひきや君」（後撰一一七二、読人しらず）「かくばかり経難く見ゆる世の中にうらやましくも澄める月かな」（拾遺四三五、高光）
〔語釈〕**〇ありしながらに**　昔のままに。
〔補説〕道良は二条家の嫡男でありながら、九条左大臣と呼ばれる。これは彼が為家に婿取られて御子左家の九条邸を本居としていたからである（解題参照）。従ってその没後も、少くも当分の間典侍は九条邸に住んだであろう。これが本詠の「ふるさと」である。その淋しさを推測させる一首。第三句「に」は重ね書で下の文字は不明。

44

ゆくさきはそこともみえずわたつうみのなみぢのするゑはくもにへだてゝ　」五ウ

〔現代語訳〕
行く先の目的地は、あそこであるとも見えない。広い大海の、重なる波の彼方は、わだかまる雲に隔てられて。

〔参考〕「ゆくさきは小夜更けぬれど千鳥鳴く佐保の河原は過ぎうかりけり」（新古今六四二、伊勢大輔）「ゆくさきはそことも見えぬ草の原心細くも通る畦道」（為忠集二一二）「わたの原波路の末は中たえて雲にうきたつあまの釣舟」（為家集二〇九三、藤川百首）

〔補説〕恋歌が順不同なのと同じく、雑歌も旅と述懐が混在している。末尾に旅歌を再び置いたのは、ひたすらな悲歎で終る事を忌んでの構成か。

45

かたみぞとみればなみだのたぎつせもなを《ほ》ながれそふ水くきのあと　」六オ

〔現代語訳〕
これが亡き娘の形見であるかと思って見ると、滝のようにこぼれ落ちる涙も、ますます流れの量を増して泣けてしまう、この故人の筆のあとよ。

〔参考〕「見るたびにいとゞ涙ぞながれそふ今はかぎりの水くきのあと」（実材母集二四二）

〔語釈〕**○ながれそふ**　「流れ」に「泣かれ」をかける。

〔補説〕本詠のみ、本文とは別の一紙に散らし書に書かれており、歌頭に一の合点がある。内容ともども、明らかにこの詠草を形見と見る為家の跋歌と考えられる。「秋思歌」二百余首を凝縮した、亡児を恋う父の哀歌である。「亡き人の水茎のあとに涙が流れ添う」という表現は、実材母が三回集中的に用いているのみ（先行例は拾遺抄書写の感懐を詠んだ行宗集一六一のみ）の特殊なものである。

解説

秋思歌解説

一　書誌

冷泉家時雨亭文庫蔵「秋思歌」は、冷泉家時雨亭叢書第一〇巻『為家詠草集』（平12）に写真版として収められ、佐藤恒雄氏による詳細な解題がある。これによって翻刻、かつ書誌の概略を示す。

縦15・8㎝、横14・3㎝の綴葉装一冊。料紙は厚薄二種類の楮紙打紙、全六〇丁。表紙は楮紙打紙に飛雲と蓮花の金銀摺り紋（江戸期後補）。本文一丁表扉中央に、本文と同筆で「秋思哥　先人」と打ちつけ書。全冊五括、第一・二括は薄手料紙のみ、第三括は外側の一枚のみ厚手。第四・五括は厚手料紙のみ。薄手料紙には片面書写、厚手料紙には両面書写であるが、第三括のみは一部薄手料紙にも両面書写。一面二首、あるいは三首を、三行あるいは四行書きで書写し、最終五九丁に及ぶが、なお残る二七首を、五二丁表から上部余白に一面二首、または一首を小字で書入れている。五五丁表、集中唯一の西園寺公相との贈答歌は、料紙を横にして記すなど、自在な書きぶりである。

本文冒頭、1詠の右肩に「七月十三日」、70詠に同じく「八月」の小字書付けがあり、詠作時のめどを示す。また21・33・36・37詠の歌末に、それぞれ「ふげん」「ふどう」「ふげん」「ぢざう」の注記があり、80詠の右肩に「寿命経為父母持読之」と注記する。五五・五六丁各表の上部左右に合点があるが、意味不明。全二一八首、うち一首は公相の贈歌であるから、為家詠は二一七首となる。26・30・39・50・74の五首は、歌詞小異も含め、続古今集・中院詠草・夫木抄・拾遺風体集・沙石集・井蛙抄に入っている。

本作は弘長三年（一二六三）七月十三日、為家の愛娘後嵯峨院大納言典侍死去の直後から、九月二日の中陰明け、そして九月末までの日々の思いを吐露した哀傷歌を、ほぼ日次を追って排列した為家自撰家集である。五二丁以降の上部書入れは、一旦完結したのち遡っての追記歌か、あるいは中途で用紙不足に気づき、上部にも書入れつつ進行したものか明らかでないが、佐藤氏の『藤原為家全歌集』では五二丁を終えてのちの追記歌として歌順を定めておられるので、これに従った。

佐藤氏によれば、本文の筆跡は晩年の為家のそれとは認め難いが、ごく近い時代のものであり、特異な書写形式も、為家自身の草稿のありかたをそのまま反映している蓋然性が高いという。また続古今・中院詠草・井蛙抄に見る異文は、為家自身による改稿、沙石集のそれは供養の願文から採歌したもので、本作そのものは為家が筐底に秘めて子らにも示さず、為相に相伝されて、拾遺風体集・夫木抄の撰歌源となったものと考えられている。

佐藤氏解説には、なお書誌および内容にわたり詳細に説かれている。本稿にも多々恩恵を蒙っているが、詳しくは直接に参照されたい。

二　生涯

藤原為家は定家の男として、建久九年（一一九八）誕生。母は定家正妻、藤原実宗女。同腹の姉に三歳上の因子（民部卿典侍）・二歳上の香がある。幼名三名。すでに光家・定修の二兄はあったが、母方が有力廷臣であった関係もあり、定家に特に愛された。建仁二年（一二〇二）五歳で叙爵、元久二年（一二〇五）八歳で元服、為家と命名。承元元年（一二〇七）三月一日後鳥羽院に初参。侍従、左少将と進み、建暦二年（一二一二）十五歳にして内裏詩歌合に最初の公的詠歌が存する（夫木五〇七）。翌建保元年には内裏・仙洞歌合に六回出詠したが、一方蹴鞠に熱中して父を嘆かせており（明月記五月十六・二十二日）、七月十三日内裏歌合三首などは斬新な意欲作との評価[1]もあるものの、全体に成績は芳しからず、以後歌事は甚だ乏しい。

建保五年（一二一七）十二月、任左中将。六年七月三十日、順徳天皇の意向として翌月の中殿御会和歌歌仙として吹挙せよと命ぜられた父定家は、「詠歌の事始終思ひ放つべき事にあらず、随って又形の如く相連ね候ふか、然れども当時愚父眼前に吹挙を加ふべきの分限、猶ほ極めて不堪の由を見給ふるにより、年来制止を加へ、交衆に合せず」と渋りつつ、しかし格別の叡慮の趣があるならば辞退の限りでない旨を奏した（明月記）。結局為家は参仕し、「池月久明」題で

雲の上に光さしそふ秋の月宿れる月も千代や澄むべき　（玉葉一〇七一）

と詠じた。「中将教訓愚歌」と題する定家詠、

世にふればかつは名のため家の風吹き伝へてよ和歌の浦波　（藤原定家全歌集、拾遺愚草員外之外、三七八〇）

は、おそらくこれ以後の作であり、翌承久元年（一二一九）以後の内裏歌壇での詠作急増の因をなしたかと推測されている。(2)

順徳院近臣であった為家は、承久の乱により、三年七月践祚の新帝後堀河院内裏に出仕を止められたが、閏十月復帰昇殿。これにはおそらく、親幕派で乱後の宮廷の勢力者となった、母の兄弟西園寺公経（彼は為家を猶子ともしている）の力が大きかったものと思われる。またこの年八月以前に、幕府の初代執権北条時政孫女なる、有力御家人宇津宮頼綱（蓮生）の女と婚している。為家二十四歳、室は十六〜十八歳か。(3)翌貞応元年（一二二二）長男為氏出生。二年、歌道不堪により覚悟した出家を慈円に止められて詠んだ千首により、父にも認められ、歌道宗匠後継者として自覚的な道を歩みはじめたという（井蛙抄）。時に二十六歳。以後、元仁元年（一二二四）藤川題百首をはじめ多数の百首を試み、諸家の歌会に出席して活躍、嘉禄元年（一二二五）蔵人頭、二年参議従三位、寛喜三年（一二三一）正三位と官途も進んだ。嘉禎元年（一二三五）父定家撰進の新勅撰集に六首初入集。暦仁元年（一二三八）正二位、仁治二年権大納言に進むが、この年父定家没。為家は四十四歳、引続き正妻腹に為教・為子（後嵯峨院大納言典侍）をもうけていた。かくて歌壇の第一人者となった為家は、寛元元年（一二四三）河合社歌合判者となり、また翌年にかけて、衣笠家良・葉室光俊ら五名による新撰六帖題和歌を成した。宝治元年（一二四七）宝治百首を詠進、翌年七月、続後撰集撰進の命を受け、建長三年（一二五一）完成奏覧した。五十四歳であった。

ところがこの前後から、為家の身辺には公私ともに暗雲が漂いはじめる。葉室光俊・六条知家らいわゆる反御子左派のグループが、寛元四年（一二四六）以後、古典的な御子左歌風に反旗をひるがえし、語法・表現・趣向の自由・新奇をよしとし、衣笠家良・鶴殿基家ら権門、更には鎌倉将軍宗尊親王にも近づいて対抗の姿勢を示した。一方家庭的には子息為氏・為教の不和に加えて、続後撰集撰進後に、女大納言典侍が源氏物語書写のため招請した阿仏と相識り、建長五年（一二五三）頃から相愛の仲となった。時に為家五十六歳、阿仏三十二歳位か。当然、正妻との間は疎隔し、文応元年（一二六〇）秋には別居しているとされる(4)が、二人の恋は、

暁の時雨にぬれて女のもとより帰りて、あしたにつかはしける

為家

かへるさのしの〻めくらき村雲もわが袖よりや時雨れそめつる（玉葉一四五六）

返し

阿仏

きぬ〴〵のしの〻めくらき別れ路にそへし涙はさぞ時雨れけん（一四五七）

等諸詠に見る通り、真剣そのものであった。康元元年（一二五六）二月二十九日出家、法名融覚。五十九歳。やがて阿仏は、「誰が子やらん」とささやかれるような状態で、定覚を生む（源承和歌口伝）。

正元元年（一二五九）三月、六十二歳にして続古今集撰進の院宣を受け、翌文応元年、祖父俊成の五社百首にならって七社百首を成したが、弘長二年（一二六二）に至り、基家・家良・行家・真観（光俊）の四名が撰者に追加され、耐えかねる不満を、

玉津島あはれと見ずやわが方に吹き絶えぬべき和歌の浦風（玉葉二五三六）

と詠じて、以後は評定の席にも自ら撰進した歌以外には口を挟まなかったという（井蛙抄）。三年三月、自家歌道再興を祈念して、一門を率い、住吉・玉津島両社に歌合を奉納するが、同年七月、愛娘大納言典侍を失い、秋思歌二一八首にその悲嘆を吐露する。そしてその年秋冬の頃、阿仏は為相を出生するのである。失意悲傷の中、為家がこの新生児に寄せた思いは、察するに余りあるものであろう。翌文永元年頃、阿仏はそれまで後見していた女、紀内侍の許を離れて(5)、嵯峨小林に移り（源承和歌口伝）、二年為守を生む。一方正妻頼綱女は、文永四年（一二六七）三月

二日経光卿記に、為家の「前妻尼」として旧夫および源承と所領を争う記事があり、従ってこれよりかなり以前に離婚が成立していたものと考えられる(6)。同六年には阿仏が嵯峨中院に為家と同棲、「女あるじ」と呼ばれて、源氏物語を読み、酒宴に興ずるなど、風雅な暮しを楽しんでいた事が知られる（嵯峨のかよひ）。作歌活動は弘長年間やや停滞したかに見えたが、秋思歌以後復活、文永元年から十一年、すなわち死去前年の七十七歳まで精力的に続けられた。

為家は正元元年（一二五九）所領細川庄を為氏に譲ったが、文永九年（一二七二）に至り、相伝和歌文書等をすべて為相に譲与する旨の譲状をしたため、翌十年細川庄を悔返して、明月記とともに為相に与えた。九年十月十二日には、

いとはるゝ長き命の思はずになほながらへば子はいかにせん　（十年七月十三日為氏宛書状案為相書付(7)）

十年四月二十一日から百日間の日吉参籠の折は、

ふるさとに千代もとまでは思はずととみの命をとふ人もがな　（同右）

と詠んでおり、為氏との仲の冷却ぶりが知られる。七十五、六歳という高齢に至り、身から出た錆とも言うべきこのような骨肉の争いを現出、没後正和二年（一三一三）幕府裁許状に至る、延々四十一年の所領紛争の種を蒔いた、細川庄相続問題の発端である。為相に書き与えたかと推測される歌論書、詠歌一躰(8)の成立も、この頃かとされている。しかし私的には不和でも勅撰撰者の地位は他家に譲らぬという強い決意であろう、文永十一年（一二七四）五月八日、為氏を同道して亀山院近臣中御門経任を訪い、彼を続拾遺となるべき新たな勅撰の撰者に推挙、内定の勅答を得て、病床から阿仏の代筆をもって泣く泣く感謝の状を奉っている（延慶両卿訴陳状、源承和歌口伝）。

冷泉家時雨亭叢書第五一巻『冷泉家古文書』（平5）には、冷泉為人氏所蔵文書「藤原為家譲状」四通が、写真

版に釈文を添えて収載されている。⑴は文永五年十一月十九日阿仏宛。伊勢国小阿射賀御厨の預所職を為相に譲る旨。⑵は文永九年八月二十四日為相宛。相伝和歌・文書等をすべて為相に譲る旨。⑶は文永十年七月二十四日阿仏宛。六紙にわたる長文で、細川庄悔返し、為相に譲与の子細を述べ、「もし沙汰出で来り候はば、この状を持ちて、公家にも武家にも申し開かるべく候」と厳命する。⑷は文永十一年六月二十四日阿仏宛。七十七歳、死去前年の筆。二紙全面に詳記の上、追伸に「手いとゞわなゝきて、文字形候はず」と自ら言うほどのにじり書で、嵯峨中院の古家・日記類・越部庄・細川庄・小阿射賀の譲与を確認、「これを違へて、大納言（為氏）も、子孫も、違乱なし候はん時は、吉富庄もなほ訴《うた》へ申して取らせ給ふべく候」と峻烈に遺言している。阿仏が鎌倉下向、訴訟に及んだのも宜なるかなと実感できる、頽齢ながら気迫に満ちた筆跡である。

かくて建治元年（一二七五）五月一日没。七十八歳。遺児為相は十三歳、従五位上侍従美作権守であった。細川庄は前述のように、阿仏も没したはるか後年、正和二年に至ってようやく為相勝訴と決した。また明月記はじめ相伝和歌文書類は冷泉家に秘蔵され、七百余年の時を経て今日に伝えられ、公開されるに至った事は、周知の如くである。

為家は父定家、祖父俊成にくらべて、よく言えば平凡温和、悪く言えば保守的優柔不断であるかのように評され、更に晩年の子為相をめぐり、二条・京極・冷泉三家分裂の因をなす張本人ともみなされ、その作品も平淡温雅、守旧的として、十分な研究が行われて来たとは言い難い。しかし以上のようにその一生を追って見る時、決して平坦ならぬ道を歩み、その中で自らを鍛えぬいた、外柔内剛、複雑で興味深い人物である事がわかる。本稿はようやくその一端にふれ得たにすぎず、他日を期したい。

注

（1）佐藤恒雄「藤原為家の青年期と作品（上）」（中世文学研究2、昭和51・7）

（2）注（1）に同じ。

（3）佐藤恒雄「為家室頼綱女とその周辺」（『和歌文学の伝統』平9）

（4）井上宗雄『中世歌壇と歌人伝の研究』（平19）四四頁。

（5）岩佐「『乳母のふみ』考」（『宮廷女流文学読解考中世編』平11）

（6）佐藤恒雄「為家室頼綱女とその周辺（続）」（中世文学研究24、平10・8）

（7）『冷泉家古文書』213頁、譲状・置文等137、「融覚藤原為家書状案」。

（8）同書については、最近「今日いうところの純然たる為家の歌論書ではなく、主としては為家の口伝の累積ではあっても、他筆も多く混じり、（中略）為家筆のみで全体が書き留められた著作物ではなかったと見なければならない」（佐藤「詠歌一体（広本）の諸本と成立（上）」広島女学院大学日本文学16、平18・7）という画期的な説が提起された。しかし書誌的にはそうであっても、内容的には為家の歌論として疑いない事、その歌風との対比で明らかである。これについては岩佐「為家の和歌——住吉社・玉津嶋歌合から詠歌一躰へ——」（和歌文学研究96、平20・6）を参照されたい。

三　歌風

1

歌人としての為家の評価は、父定家・祖父俊成に比してはるかに低く、万人の認める代表歌というものもない。その歌論「詠歌一躰」にしても、「稽古」という修行道・平淡美の提唱・「制詞」による表現拘束の三箇条が強調され[1]、以後近世に至る堂上和歌の保守退嬰性の元凶であるかのようにみなされ、またその成立年代から幼年の為相への庭訓として、初歩的指導書であるとされてやや軽く扱われても来た。歌風研究に至っては、「平淡温雅」の一言で事足れりとされ、その規矩に外れる千首・七社百首・毎日一首については、各々佐藤恒雄・浅田徹両氏の分析考察があり[2]、「続歌仙落書」をはじめとする中世の秀歌撰集に選ばれた詠作については、久保田淳氏により検討が行われているものの[3]、勅撰入集作をはじめ主たる作品――為家のおもて歌についての注釈・論評は、ほとんど無きに等しい。これら諸詠は新奇な題材表現を用いず、古典的ななだらかな詠み方で、特筆すべき技巧も目立たぬため、現代人には格別評価すべきものとも思われず、評釈しようとしても特に言う事もない、とみなされ、十三代集研究の遅れをも伴って放置されているのである。

しかし、その一見平凡な詠作の底からにじみ出る深い滋味は、鑑賞者が自らの人生の中で年を重ね、かつ古典和歌に関する知識・感性を養うにつれ、水が地にしみ入るように、「ああ、いいなあ」とわかって来るものであって、誤解を怖れず言いかえれば、若い時はわからない、老年になってそのよさに気づいた時は、楽しんでこれを味読すればよく、今更肩肘張って研究にも及ぶまいと看過されるのではなかろうか。その上、その「よさ」は定家における本歌取のように、はっきりと指摘説明する事の困難な、平凡の非凡とも言うべきものである為、一層研究が立ち遅れているのだと思われる。私とて未だ確たる論評のできる段階にはないが、詠歌一躰の味読から思い得た所若干を述べ、秋思歌の歌風に及びたい。(4)

詠歌一躰の所論によれば、為家詠歌の要諦は、「稽古」にある。

和歌を詠ずる事、必ず才学によらず、只、心よりおこれる事と申したれど、稽古なくては上手の覚え取りがたし。（冒頭総論）

ここに言う稽古とは、従来「修行道」の意に取られ、中世的な精神性を示すものとして、平淡美や制詞と並ぶものと考えられた事、前述の通りである。しかし為家における稽古――古えにかんがみる、古えに学ぶ――とは、至極実践的な作歌手法であり、平淡美や制詞より上位にあって、彼の歌論の根幹であり、極力これを説いた詠歌一躰は、言葉は懇切平易であっても内容は初心者向けに調子を落したものではない。彼は八箇条の一つ書を通じて、作歌に当り、常に古歌と詠じくらべて自詠を磨き上げよ、と説き、その方法を懇々と教える。

風情の廻《めぐ》り難からむ事は、證歌を求めて詠ずべし。（題をよく〳〵心得べき事）

證歌とは、発想のヒントとなる古歌である。本歌取の場合のように、作品と重層関係をなして絶対に無視し得ない古歌ではなく、趣向や言いまわしの上でそれとなく借り用いられ、気づかれずとも鑑賞に支障はなく、しかし作品に深みや味わいを添えて、それと気づいた場合には一層の興趣をそそる、そのようなひそやかな引用歌である。秋思歌中から例示すれば

嘆かるゝ身は影ばかりなりゆけど別れし人にそふ時もなし　（一五六）

悲しみに耐えず、影のようにやせ細ってしまった我が身。しかし再び故人に寄り添う時はない。頼りに思う愛娘に先立たれた老父の思いとして、いかにも尤もな心情直叙詠、と評して終り、とも見えるが、実はその奥にひっそりと、

恋すれば我が身は影となりにけりさりとて人に添はぬものゆゑ　（古今五二八、読人しらず）

の古歌が證歌として身をひそめている。しかもこの「影法師になってしまった我が身」という発想は、古今詠以後ほとんど受けつがれず、この為家詠にはじめて再現される、非常にユニークなものである。極度の悲嘆の中でこのような稀な古歌を思い浮べ、活用する為家の強靭な「稽古」の力に脱帽せざるを得ない。

簡略ながら為家の史的意義・生涯・歌論・歌風のすべてにふれている、久松潜一「藤原為家と阿仏尼」(5)の論では、歌風の特質につき「上下の句の結合は知的意味から云えば緊密ではない」「平明な詞遣の中に、所謂疎句による含蓄的な表現をなしている」と評しているが、そこに例示された詠を證歌と併せ見れば、

天の川遠き渡りになりにけり交野のみ野の五月雨の比　（続後撰二〇七）

は「天の川遠き渡りはなけれども君が舟出は年にこそ待て」（後撰二三九、読人しらず）を伊勢物語交野の桜狩と複合させ、淀川の支流天の川の満々たる五月雨時の水量を現前せしめたもの、

逢ふまでの恋ぞ命になりにける年月長き物思へとて(6)　（同七八五）

は「玉の緒のたえてみじかき命もて年月長き恋もするかな」（後撰六四六、貫之）を巧みに換骨脱胎した悲恋の歌と理解でき、「疎句」のような後代の観念を持ちこむ必要はないのみか、その證歌活用の妙に、改めて感じ入るであろう。

万葉以来五百年の古歌の堆積の中から、適切な證歌を自在に連想活用し得る広汎な記憶力に加え、為家は自詠を

更に古歌と対比し、縦からも横からも徹底的に推敲する。これが彼の言う「稽古」である。

上句を下になし、下句を上になして、事柄を見るべし。上手といふは、同じ事を聞きよく続けなす也。歌を詠み出だして、姿・事柄を見むと思はば、古歌に詠じくらべて見るべし。只、古き歌どものよきを常に見て、我が心に「かくこそ詠みたけれ」「この姿こそよけれ」と案じ解くべし。すべて、少しさびしきやうなるが、遠白くてよき歌と聞ゆる也。詞少く言ひたれど、心深ければ、多くの事ども皆その中に聞えて、詠《なが》めたるもよき也。(歌の姿の事)

——證歌としてだけでなく、推敲の目安として古歌を活用し、これと比較して声調・言いまわしを洗練し、含蓄深く、詞少く、聞きよく巧みに表現すべく古歌に学べ。——こうして玉成された為家の歌は、どこといって角のない白珠のごとく、卒然と見れば平明淡彩、何の奇もない平凡な形と見えながら、しかし言うに言われぬ底光をたたえて、文学鑑賞にも人生体験にもさまざまの遍歴を経たのちの老熟した読者に、深い感銘を与えるのである。今はこれ以上の詳論はなし得ないけれども、為家の和歌を考えるに当っては、我々の想像も及ばない広汎な古歌記憶力を持ち、これを適材適所に活用しつつ、しかも表面それと見せぬまで消化しつくして、一見誰にも詠める平淡温雅な、しかし見ざめせぬ一首に仕上げる、その老獪とも言える技法を、研究者としても十分心に置き、油断なく證歌と思われるものを博捜して、その詠作の深奥に迫る事が肝要である。(7)

2

為家は青年期二十六歳の千首において、先例のない世俗の素材・非歌語・俗語を用いて詠歌し、また自分の心を分析的にながめる、後の京極派新風に通ずる表現を試みている。また壮年期四十六歳の新撰六帖題和歌においても、

「大略誹諧ただ詞也」(井蛙抄)と評されるような自在な詠みぶりで、雅俗入りまじった膨大な歌題を詠みこなしている。更には老年期五十四歳以降最晩年まで詠み続けられた毎日一首では、公表を意図せぬ「いま・ここ・わたし」をありのままに詠じ、一方六十三歳の七社百首では、反御子左派への憤懣と老いの悲哀を生々しく表出する反面、漢詩の直訳に近い表現で、従来の句題和歌の範疇を乗り越え、原詩一篇の世界を一首に移しかえる事に成功している。[8] 保守退嬰とする後代の評価をよそに、為家は「稽古」によって確立したおもて歌とは又別に、一生を通じてこのような種々の性格の作品を創作し続けているのであり、そのエネルギーは驚嘆に価する。その晩年の、今一つの詠作の形として、悲傷そのものに言葉を与えた、秋思歌二一八首が存するのである。

愛児を失った時、その悲しみを歌にするという行為は、古えの大歌人から現代のアマチュア作者まで普遍的なものであるが、事柄のあまりの生々しさゆえか、飛びぬけて人口に残る秀歌が必ずしも多いとは言えない。直ちにそれと指を折れるのは、山上憶良作に擬せられる「男子名は古日に恋ふる歌」

若ければ道行き知らじ幣《まひ》はせむ黄泉《したへ》の使負ひて通らせ　(万葉九〇五)

和泉式部の小式部哀傷歌、

とゞめおきて誰をあはれと思ふらむ子はまさるらむ子はまさりけり　(後拾遺五六八)

など。為家の秋思歌は、一首立てとしてこのような名吟はないが、死去から二箇月半に及ぶ日々の悲嘆を克明にうたった歌集として稀に見るものであり、彼の作品の中でも特異な位置を占めるものである。

本作は必ずしも厳密に日次順排列ではないが、七月十三日以降同月中詠が69詠までの六九首、八月詠は下限が明らかでないが、九月二日に当る中陰仏事にかかわるらしい詠の集中する直前の161詠までの九二首と推定すると、九月詠は一二六首となろうか。春秋に富む愛娘に思いもよらず先立たれた悲嘆の中で、しかも六十六歳の老年で、二箇月半の間にこれだけの作を成したというだけでも驚異的な力量であり、努力である。一方質的には、一見すれば千編一律、月並な老いの繰言の羅列とも思えるが、実はそうでない。飛びぬけた秀歌こそないが、子細に分析すれば、そこには歌人為家の真面目、平淡温雅と評されつつしかも中世後半からそれ以後の歌壇を押えて揺るがなかったその実力のよって来たる所が、明らかに看取されるのである。

前述「我が身は影となりゆけど」（一五六）に見たさりげない證歌活用の手法は、縦横に発揮され、誰にも共感できる普遍的な内容、なめらかで平明などこかで聞いたような言葉と見せながら、再読三読するにつれ、そのうまさがしっとりと身にしみるような、為家独自の作品として結晶している。たとえば、

昼は夢夜はうつゝと嘆かれて定めなき世ぞさらに悲しき　（九）

はいくらもありそうな表現であるが、実は

我が宿の梅の初花昼は雪夜は月とも見えまがふかな　（後撰二六、読人しらず）

を巧妙に転用したもので、相似た例は、

夜はさめ昼はながめにくらされて春はこのめぞいとなかりける　（一条摂政集一三二、女）

等私家集に二三見られるものの、いずれも技巧的で為家詠のような真情表現には遠い。

うしとても別れに残るつれなさを有明の月に言やつてまし　（一九）

は一見難解であるが、周知の

有明のつれなく見えし別れより暁ばかりうきものはなし　（古今六二五、忠岑）

をふまえて、

罪もあらじよひの白露おきかへり朝日ののちに消えはてしかば　（一六八）

とうたわれた七月十三日早朝の臨終に取り残された悲痛の思いを、十六日以後の有明月に託して娘に伝えようとしたものである。なおこの「罪もあらじ」の歌も、

まろねする夜半の白露おきかへり目だにも見えで明かす比かな　（赤染衛門集二二一）

を下敷きにしている。このような、一見平凡と見えながら古歌の縦横の活用をその底にひそめている詠法――證歌による「稽古」の成果は、本集の大きな特色である。なお詳しくは、各詠の〔参考〕に煩瑣なまでにあげた諸詠と対比しつつ味読し、俊成とも定家とも異なる為家の詠歌実践のあり方を想像していただきたい。

その一方で為家はまた、いかにも典拠ありそうでいて、実は彼独自、という言葉も、さらりと用いている。巻頭詠、

袖ぬらす露はならひの秋ぞとも消えぬる時ぞ思ひ知らる、　（一）

の「袖ぬらす露はならひの秋」

なきあとに慰むれどもかなはぬは面影恋ふる涙なりけり　（四四）

の「面影恋ふる涙」

霧にとぢ霞にのぼる面影はとてもかくても顕たぬ間もなし　（五五）

の「霧にとぢ霞にのぼる面影」等々、一見ありふれた言葉続きのように思えるが、実はきわめて緊縮された簡潔な言いまわしの中に無量の思いをこめた、他に類例を見ぬすぐれた表現である。證歌利用とは別に、自作を古歌と詠じくらべて含意・声調をあくまで推敲する「稽古」の賜物であろう。

もとより、一切の技巧を弄するいとまなく、声涙ともに下る正述心緒詠も存する。

なにとして今は我が世を過ぐさまし神も仏も捨ててける身に　（二）

帰り来るこの世の旅の程だにも日数過ぐれば恋しかりしを　（二一三）

そして、周囲の老人達（典侍の母なる老妻をも含めてか、否か）の悲嘆をも

老いの身の嘆きながらにあらるゝも亡きにくらべてうらやまれつゝ　（一五一）

と理不尽に冷視し、一方尽きぬ繰言をうたい続ける未練な我が身を、

嘆かるゝ心のうちを書きつけば限りもあらじ水茎のあと　（二〇七）

と自嘲し、

亡きを恋ひあるを嘆くも子を思ふ心の闇の晴るゝよぞなき　（二一八）

と、亡き典侍、残された孫、また互いに不和な為氏・為教へのそれぞれの思いをもってこの悲傷歌集の大尾とするまで、平易率直な言葉の中に人生の真をうがっている。

大歌人為家といえども、愛娘を失った悲しみの中で、僅か二箇月半のうちに二百余首の詠歌をなすのは容易な事ではあるまい。その為家を支えたのは、不屈の歌人魂とともに、おそらく他の誰よりも豊富な、古歌の記憶量と、これを自在に操る修辞能力、また時にはそれらをすべて捨て去ってのただこと歌の真率表現である。極度の悲嘆に打ちのめされた時、これを自制心により、または周囲の事情により、口に出せない間は、人はそこから脱却しえない。言葉でなり、行動でなり、何等かの方法でその悲しみを形象化して行く事によって、次第に悲傷の思いは浄化され、やがて再生に向う。秋思歌は一人のすぐれた老歌人が、その生涯をかけて確立した詠作手腕により、この再生過程を和歌をもって実践した得難い記録であり、特筆すべき名歌があるわけではないが、渾然として一の名作と言うに憚らぬであろう。

死別の悲しみにも種々の相がある。臨終をみとる。残された我が身を嘆く。故人をあわれみ後世を案ずる。成仏

を祈る。神仏にすがり、また恨む。面影を恋う。遺児をいとおしむ。変らぬ外界への違和感。弔問への対応の辛さ。遠ざかる日数を悲しむ。供養につけての思い。中陰の名残を惜しむ。日常にもどり、改めての嘆き。愛する肉親の死によって取り残された者の悲傷のすべてが、二一八首にありありとうたい出されている。通常の幸福な人生を送っている間は、自分に関係ないお涙頂戴ドラマとして、大した関心もなく読み過ぎるかもしれぬが、相似た体験を持つ者として味読する時、深い共感とともに、六十六歳の老境にして、打撃に耐えてこれだけの作を成しえたその精神、そのエネルギーに、改めて感動を覚える。きわめて私的な詠作であり、為家自身公表の意図はなかった物とされるが、なお得難い文学作品として鑑賞するに足るとともに、必ずしも捉えがたいこの大歌人を理解する手がかりをも提供する、貴重な資料でもある。冷泉家時雨亭文庫公開の上に、一つの大きな意義を加える作品であると考え、及ばずながら全釈を試みる所以である。

注

（1）久松潜一『日本文学評論史古代中世篇』（昭11）『中世和歌史論』（昭34）

（2）佐藤恒雄「藤原為家の初期の作品をめぐって――『千首』を中心に、後代との関わりの側面から――」（国文学言語と文芸64、昭44・5）

同「藤原為家「七社百首」考（国語国文、昭45・8）

浅田徹「藤原為家の毎日一首について」（平19・4・14和歌文学会関西例会発表資料による）

（3）「藤原為家の和歌」（『中世和歌史の研究』平5）

（4）岩佐「為家の和歌――住吉社・玉津嶋歌合から詠歌一躰へ――」（和歌文学研究96、平20・6）参照。本文引用は冷泉家時雨亭叢書第六巻『続後撰和歌集　為家歌学』（平6）所収本による。表記は私意により改めた。

（5）注（1）『中世和歌史論』第二章。
（6）久松論ではこの本文をとるが、「恋ぞ祈りになりにける」の本文の方が有力か。それならば證歌に「逢ふまでとせめて命の惜しければ恋こそ人の祈りなりけれ」（後拾遺六四二、頼宗）が加わり、一層妙味を増す。
（7）注（4）に詳論したので参照されたい。
（8）以上の評価、注（2）の諸説による。

秋夢集解説

一　書　誌

「秋夢集」は、従来宮内庁書陵部蔵本のみが知られていたが、冷泉家時雨亭文庫蔵本が発見され、冷泉家時雨亭叢書第三一巻『中世私家集　七』（平15）に写真版と解説（久保田淳・小林一彦）が収載された。これを底本として翻刻、書誌も右解説によって記す。なお書陵部本も従来『桂宮本叢書　十』（昭34）『私家集大成　四　中世II』（昭50）『新編国歌大観　七　私家集編III』（平元）の底本として用いられたので、その書誌も石澤一志調査にもとづいて記しておく。

1　時雨亭文庫蔵本

重要文化財。綴葉装、包表紙一帖。縦18・0㎝、横16・9㎝の枡型本。表紙と本文料紙は共紙で楮紙打紙。外題は表紙中央に

秋夢集　一見了

と打ちつけ書。表紙左上に薄墨やや細字で

後嵯峨院

権大納言典侍局哥

と記す。前表紙左端に糊離れの跡あり、見返しは白紙。本文全七丁一括、遊紙は後のみ一丁。墨付六丁。三丁と四丁は遊離し、挟み込まれている。六丁と後の遊紙との間に切り取った跡がある。六枚の料紙を二つ折りして、後半七・八・九丁に当る部分を切り取ったものと思われる。

本文和歌一首二行書、第一丁のみ一面八行、以下は十行。五丁裏二行で終り、計四四首。六丁表に跋と思われる一首を六行に散らし書。総計四五首。六丁裏は白紙。本文八首と跋歌の歌頭に○●一などの点あり、また25「つらしとも」詠（新後撰一二〇二）の歌頭に「新後」の集付あり。本文は一筆で、鎌倉中期の書写。表紙左端の二行と集付は別筆か。表紙の二行も墨色からして、初め「権大納言典侍局哥」とあったものを、後に「権」と「局」を消し、「後嵯峨院」を書き添えたかと思われる。なお私に言えば、この二行の存在は当本の書写が、「権大納言」にやや疑義はあるものの、同名の多い女房名の中で作者を後嵯峨院女房と特定する必要のなかった、すなわち成立とごく近い時代のものである事を証する意味で、貴重である。

跋歌を除く本文詠四四首は、部立・詞書を示さず歌のみが羅列されているが、内容的に見れば夏六・秋七・冬六・恋一二・雑一三首であり、おそらくこれに春六首を加えた五十首の歌稿から、冒頭部を逸した残欠本か。夏部が五月朔日からはじまるのはやや異例ながら、歌数の釣合から言えばこれが妥当な推測であろう。恋部は必ずしもその進行過程によらず、雑部は旅と述懐が混在するなど、本格的な五十首詠とは思われない。また散見される訂正は書写の際の誤字訂正というより、内容的に作者自身の推敲と思われる点から見ても、未整理の草稿の観がある。三種の合点の加点者や時期・意味は不明。跋歌と集名は父為家によるものである事、その性格から見ても、また為家の哀歌「秋思歌」と対照しても誤りないであろう。典侍没後に発見、形見として保存したものと推察される。春部の脱落は為家の発見以前であったか、以後伝写の過程で起こったものか不明。歌順未整理の状況から臆測すれば、前者か。

2　宮内庁書陵部蔵本

函架番号五〇一・一四二。綴葉装一帖。縦16・7㎝、横17・7㎝の枡型本。表紙は薄水色地にやや濃い水色で竹の枝を刷出し、中央に「秋夢集」と外題打ちつけ書。本文は斐紙染紙で布目あり、全八丁、二括。第一括三枚、外側から黄・茶・薄緑。第二括二枚、外側から薄緑・浅黄。扉中央に本文と同筆で「秋夢集」、左上にやや細字二行で「後嵯峨院／大納言典侍哥」と記す。前後各一丁は見返し、後に遊紙一丁。字高約14・0㎝。本文書写形式は仮名字母の幾分の相違の外、1「あしひきの↓あし引の」8「そらもなと↓空もなと」17「しらゆきの↓しら雪の」の三箇所、仮名書に漢字をあて、また17「とさしなるらむ」↓「とさしなるらん」とするのみ、他は行数をはじめ、訂正と合点・集付も、すべて時雨亭本に一致し、きわめて忠実な写本と言うことができる。

二　生　涯(1)

1　誕生と幼時

後嵯峨院大納言典侍は、藤原為家と宇津宮頼綱女の間の長女として、天福元年（一二三三）九月十九日に誕生した。その状況は、祖父定家の日記「明月記」に明記されている。

その前日に当る十八日、後堀河院中宮藻壁門院は、難産のため母子共に他界された。折からの甚雨の中、三十六歳の右衛門督為家は馬を飛ばして連絡に当り、臨終に侍した定家女、三十九歳の民部卿典侍因子は、主君に殉じ出家の事を即日懇望、定家も已むなくこれを許した。その取込み最中、翌十九日明方、為家室が産気づき、午時頃女児を出産した。すなわちこれが、後年の後嵯峨院大納言典侍為子である。

九月十九日庚申、天晴る。暁より金吾私家又産気あり、火急に非ずと云々。度々相尋ぬと雖も、当時殊事無し。午の時許り、頗る取頻る由を聞き、行向ふ。侍男来りて云はく、産成り了んぬ、女子、今一事遅々。但し在朝朝臣密々に来り、更に事有るべからず、只今成るべき由を称すと云々。須臾之間成り了んぬ。（中略）世間の事を聞かず、金吾籠居し了んぬ。折節如何の由示すと雖も、休息すべしと云々。

後産こそやや滞ったものの、先ずは安産。為氏・源承・為教に続き、最初の、そしてただ一人の女子であった。折が折とて吉事を披露し得ず、為家も当日こそ籠居したものの、翌日は後堀河院に宿直に参上、以後も「私の産穢を云ひ出だすに及ばず」出仕を続けた。二十三日には典侍が妹香ともども出家。わずか半月以前、重陽の節供の着用に「裏菊面白、但し其の表、紫筋を織る」云々の美しい女房装束を調製した定家の心づくしも無に帰した。そして定家自身もまた、同年十月十一日、七十二歳をもって出家するのである。

このような回想を引く孫女を、定家は「冷泉姫君」と呼び、「冷泉より姫君此の宅に渡らる、扶持の女房菻を服するの間、其の人无きの故尼中に預けらる」（文暦元年七月二十四日、二歳）「戌時許り冷泉姫君俄かに病悩の由下人来り告ぐ。助里・尾張尼奔り行く。帰りて云はく、霍乱危急の如し。興心房来り給ひ、在友朝臣来り占ふ。別事無きの由示すの間即ち例に復す」（同二年二月十七日）「今日三郎（為教）童密々元服せしむ。姫君魚食と云々」（同年〈嘉禎元〉十二月二十九日）と、その動静を短文ながら深い関心をもって記している。

明月記はこの年をもって終り、以後のこの女子の消息はしばらく知りえないが、定家は天福元年書写の拾遺集、同二年書写の伊勢物語・後撰集、嘉禎三年書写の古今集を、「鍾愛之孫姫（女）」に与えている。時に七十二～五歳、「眼昏れ手疼く」のをおしての作業であった。後述するように、拾遺・後撰両集はのちに為家によりこの部分の奥書が摺り消され、「此本付属大夫為相」と訂正された原本が今日に伝わり、伊勢物語は忠実な臨写本が学習院大学に、古今集は古写本の透写本が名古屋図書館に所蔵されている。これらの書写・伝授の裏には、愛娘の民部卿典侍――歌才に富み、古典書写の面でもよく父を助けながら、惜しくも主君に殉じて出家したその人の、あたかもあとをつぐように生れて来た唯一の孫女に寄せる、祖父定家の深い心寄せがあったであろう。特に拾遺・後撰・伊勢物語は、現代に至るまで、有力な定家本本文として研究上に重要な位置を占めている。このような形で、大納言典侍は文学史上に間接的ながら大きな影響をもたらしているのである。

2　宮廷生活

仁治二年（一二四一）定家没、八十歳。時に典侍九歳。翌三年正月後嵯峨天皇践祚。その即位大嘗会五節舞姫を勤仕し、従五位下に叙せられた一人に「藤為子」の名が見える（平戸記同年十一月二十七日女叙位）。これが十歳の彼女の宮廷初出仕であったか否かは未詳であるが、大伯母建春門院中納言十二歳、伯母民部卿典侍十一歳の初出仕例から推して、先ず幼くして五節舞姫として内裏初参、叙位を蒙り、やがての公的出仕に備えるという蓋然性は、かなり高いのではなかろうか。そして十三歳の寛元三年（一二四五）二月十八日女官除目には、「典侍藤原為子前藤大納言息女云々」（平戸記）と、典侍叙任の旨が実名・出自を添えて明記されている。典侍は内裏女房中最も天皇に親近し、神器管理・内廷事務の最終的責任者であると同時に、天皇日常生活の最も親しい常侍者である。その愛寵を受ける場合のある事も公然の事実で、現に彼女と同時に典侍となった平棟子は前掌侍として既に宗尊親王を生んでいる女性である。弱年でのこの叙任は、聡明な資質を見込んでの要職見習いとして、将来を嘱望されてのものであったであろう。

翌四年、皇子後深草天皇に譲位された後嵯峨院の、宝治二年（一二四八）八月二十九日鳥羽殿御幸における、「池辺松」題歌会に、典侍は

色かへぬ常盤の松の影そへて千世に八千世に澄める池水　（続後撰一三三二）

と詠じた。（増鏡内野の雪）。時に十六歳、女房歌人としての初登場であり、のちに続後撰集撰定の折、巻二十、賀歌の巻頭近く、同時に詠まれた西園寺公相・後嵯峨院詠と並んで掲げられた、勅撰初入集、撰者なる父為家も認めた彼女の代表作である。続く十月二十一日の宇治御幸には、俄かな風雨に車が九条河原の浮橋から水没するという

事故に遭ったが（宇治御幸記）、それにもめげず、「別にひきさがりて、いたく用意ことにて」参上した（増鏡増補本煙のするゑ〴〵）。

同年成立の宝治百首には、年少の故か参加していないが、建長二年（一二五〇）成立の秋風抄には次の二首が入る。

鳥羽殿にて月前庭虫

露深き浅芽が庭の虫のねに影すみまさる秋の夜の月　（八九）

院にて遠樹紅葉

村時雨はるかにめぐる外山より尾上の里のもみぢをぞ見る　（一一七）

後者は秋風和歌集四一三に「五十首歌講ぜられける時、遠き村の紅葉といふことを詠み侍りける」と詞書して入り（但し作者名欠）、現存和歌六帖「もみぢ」の四五七にも採られている。いずれも十八歳までの宮中歌会の詠で、父ならぬ藤原光俊にも評価された作ということができる。ところがこの後幾程もなく、彼女は二条道良に嫁し、同時にほとんど一切の公的生活から身を引いてしまった如くである。

3　結婚生活

「九条左大臣」と称せられる藤原道良は、関白二条良実の嫡男、母は四条隆衡女従二位儷子（西園寺実氏室准后貞子の妹）、文暦元年（一二三四）生。寛元元年（十歳）元服・三位中将、四年（十三歳）左大将、建長二年（十七歳）内大臣、四年（十九歳）八月右大臣・十一月左大臣。摂家の嫡男として順当すぎる程順当な昇進ぶりである。典侍との結婚の時期は不明であるが、大臣となってなお室家の定まらないのは不都合であろうし、建長二年以後典侍の公的事跡が全く途絶える事から考えても、まず建長二年（一二五〇）十二月任内大臣前後の成婚ではなかろうか。そうとすれば道良十七歳、典侍十八歳。年頃の程も似つかわしい。

道良は、強烈な性格の父良実とは対照的に温順な人柄であったらしく、父からも友人からも愛され（平戸記、続古今・続拾遺所収哀悼歌）、夫婦仲も円満であったことと想像される。二人の婚前の交渉を思わせるものとして、続拾遺集に、贈答歌とうたってはいないが、

題しらず　　九条左大臣

あふ事はかけてもいはじあだ波の越ゆるにやすき末の松山　（一〇二六）

後嵯峨院大納言典侍

波こさばいかにせんとかたのめけんつらきながらの末の松山　（一〇二七）

の二首が並んでいる。

二人の中の一女、九条左大臣女は、正元元年（一二五九）道良没の当時、為家から「上﨟」と呼ばれ、所領を譲られているから（冷泉族譜）、当時すでに一往幼児離れする八・九歳程度にはなっていたかと推測され、従って結婚後間もなくの出生かと思われる。

建長三年十月父為家撰の続後撰集が成り、前引鳥羽殿御幸の典侍詠一首が入集、はじめて勅撰歌人の列に入る。そしてその奏覧後、源氏物語書写のために阿仏を招いたという。これが、為家と阿仏とを結びつける——同時に父と母頼綱女とを疎隔する機縁となろうとは、典侍自身思いも及ばぬ事であったろうが。

道良が二条家の嫡男でありながら九条左大臣と称せられるのは、彼が為家に婿取られ、御子左家の九条邸を本拠とした故であろう。彼が為家所有の邸宅に住みなれ、ここで没したであろう事は、

正元々年十一月、九条の左のおとゞ事侍りて、ほかにうつして後の朝、雪ふかくつもりたるに、三位中将忠基もとにつかはし侍りし

いつのまに昔の跡となりぬらんたゞ夜のほどの庭の白雪　（中院詠草一二五、続拾遺一三〇八、詞書小異）

の為家の哀傷歌から推測される。すなわち典侍は結婚後も父為家の膝下をさほど離れぬ生活をしていたのであり、従って典侍の許に出入していた阿仏が為家と相識るのも、ごく自然な成行きであったと思われるのである。一方阿仏に傾いた為家の心中に、愛娘を嫁がせた父親の淋しさがあった事も推測に難くない。

その後の事績としては、建長五年三首歌中二首がのちの続古今集に入る。同様の詞書を持つ歌は同集にあと三首（兼経・雅言・通成）見えるが、歌題に整合性がないためすべて同一機会詠とも見難く、この三首歌の性格は未詳である。そして以後、典侍の歌事は暫く途絶える。

典侍は琵琶を西流の名手、孝孫前（藤原孝時長女）に学び、「なだらかなる御事」であったという。秋思歌中には彼女の手馴れの琵琶に寄せた詠が見られる。道良も琵琶・催馬薬を好んだが、一方有職の学にも熱心で、日夜双方を研鑽するあまり、病を得て夭折したという（以上、文机談）。

4　夫の死とその後

正元元年（一二五九）十一月八日、道良は御子左家九条邸で没した。享年二十六歳。為家の悲しみは前掲の悼歌に明らかである。残された二十七歳の典侍は、当時懐妊中、あるいは出産直後であったかと思われる。それは、四年後典侍没の時の為家哀傷詠「秋思歌」に、前述九条左大臣女をさすにはふさわしからぬ「みどりご」という表現があらわれる所から推測される。尊卑分脈に見える「僧都良豪」が或いはこれに当るか。

典侍の悲嘆は言うまでもなかろう。

あひ見しは遠ざかりゆく年月を忘れず嘆くわが心かな　（秋夢集二二一、続拾遺一〇五六）

嘆かずよ沢辺の芦のうきふしもよしやいつまであらじと思へば　（同三八、続古今一四四〇）

彼女のその後の生活はあまり明らかでない。源承和歌口伝には「二条禅尼」とあるから、適当な時期に出家して御子左家の冷泉邸二条面に住んだものかと思われる。

その後の彼女の動静を語る資料としては、没後の勅撰集入集歌があり、私もかつてこれによって、夫没後に後嵯峨院皇女月花門院に教育係のような形で出仕し（玉葉一九六二）、弘長二年二月十五日亀山殿朝覲行幸和歌御会に出詠した（新拾遺六八四）と考えたが[2]、再考するに疑問が生じたのでやや詳しく考えたい。

新続古今集に後嵯峨院大納言典侍詠として載る三首は、いずれも詞書に弘安百首とあるので、典侍没後、同名の別人詠と認められる。これは中院通方女、「後嵯峨院大納言局、姫宮母」（尊卑分脈）とある女性であろう。父通方は暦仁元年（一二三八）五十歳没ゆえ、その女の年齢最下限は典侍より五歳年少。むしろ年長の可能性が大きい。この人が為家女典侍の結婚退任の後任者に補せられ、父の「土御門大納言」の称により、同名の「後嵯峨院大納言典侍」が生れたのではなかろうか。

さきに為家女典侍の詠と見た、玉葉集の

大納言典侍里に侍りけるに、秋の比つかはさせ給うける　　月花門院

秋の来て身にしむ風の吹く比はあやしき程に人ぞ恋しき　（一九六一）

御返し　　後嵯峨院大納言典侍

我はたゞ時しもわかず恋しきを人は秋のみ思ひけるかな　（一九六二）

の贈答を考えるに、月花門院は大宮院所生で通方女の「姫宮」ではないが、道良没の年十三歳で、代作でない限り道良生前に為家女典侍とこのような贈答があったとは考えにくい。また左大臣後室という身分の女性が、夫の没後宮廷再出仕もいささか不穏当であろう。この大納言典侍は通方女と考えた方が無難と思われる。但し、為家女典侍の娘である九条左大臣女を主要作者とする、為兼撰の玉葉集に撰入するただ一首の作であるだけに、断定には一抹の不安も残るので、今は存疑として後述全詠歌からは省いておく。

一方、新拾遺集の

亀山院御時亀山殿に行幸ありて、花契遐年といふ事を講ぜられけるに

後嵯峨院大納言典侍

咲く花も今日をみゆきの初にてなほ行く末も万代や経む　（六八四）

は現帝の父院への公式表敬訪問に伴う晴の御会和歌であり、出詠者、特に女性が出家の身で参仕する事は考え難い。さりとて顕官後室が夫の死後四年も俗体で過し、こうした賀宴に出席し得るかも疑問であり、かつ、それを肯定すれば弘長三年二月十五日以降七月十三日までの間に出家、死去というあわただしさで、源承和歌口伝にいかにも彼女の通称らしく注記されている「二条禅尼」の呼名も、定着するいとまがなさそうに思われる。これも前論を撤回して、通方女典侍詠と考えた方が妥当であろう。

以上二点、甚だ煩雑になったが前論を訂正して、改めて為家女典侍詠の勅撰入集状況を見ると、続後撰一・続古今三・続拾遺二・新後撰二、合計八首となる。うち続古今以下三集入集詠中、各一首は秋夢集から採歌されており、没年代に近く最近親の撰である事もあわせて、通方女典侍との混同はありえない。結局、為家女典侍は結婚により

典侍を退任して以後宮廷生活には戻らず、間もなく出家、二条禅尼として故人供養と詠歌修練の日々を静かに過すこと三年半。弘長三年三月、為家主催による御子左家一門をあげての催し、住吉社・玉津嶋歌合に出詠していないのは、すでに健康を損ねていたのか、他の理由によるものか不明であるが、秋思歌に見るところ、さまで長期の病臥でもなかったような状況で、静かに世を去ったものと推測される。

5　死去とその後

弘長三年（一二六三）七月十三日、典侍は三十一歳で没した。この事実は為家「秋思歌」の冒頭に小字で注記された日付「七月十三日」と、典侍一周忌盂蘭盆会と見られる為家詠

　文永元年毎日一首中、七月中四日夜
ともす火も手向くる水もまことあらば魂のありかを聞くよしもがな　（夫木七九一七）

によって知られる。遺児九条左大臣女は十二三歳、「みどり子」は四五歳か。臨終前後から九月末までの為家の心事は、「秋思歌」中に遺憾なく吐露されているが、なお為家は没後に典侍の詠草残編四四首を見出だし、これを故人追慕の心をこめて「秋夢集」と名付け、その奥に

　かたみぞとみればなみだのたきつせもなほながれそふ水くきのあと

と記して彼女の記念とした。

没後の為家の状況については「秋思歌」解説に譲るが、典侍の母なる宇都宮頼綱女については、「秋思歌」中にもとりたててその姿は見えない。彼女は文永四年（一二六七）三月二日「民経記」に「前妻尼」と記されている事から、これ以前離婚が明らかとされているが、すでに弘長三年時点で、娘の死を共に嘆き共に慰めるような間柄で

はなくなっていたのだろうか。なお彼女は前夫の没後四年、弘安二年（一二七九）八十歳の長寿を保って没した。孫女なる九条左大臣女（典侍女）の悼歌が残る。

後嵯峨院大納言典侍の母身まかりての比

かたみとてきるも悲しき藤衣涙の袖の色に染めつゝ　（続後拾遺一二五二）

典侍女は、のち光明峰寺道家の曾孫なる報恩院関白九条忠教の室となり、従兄弟に当る京極為兼の新歌風に共鳴して、初期京極派歌人「九条左大臣女」として活躍した。

つく〴〵と春日のどけきにはたづみ雨の数みる暮ぞさびしき　（玉葉、九九）

物思へばはかなき筆のすさびにも心に似たることぞ書かるゝ　（同、一五三五）

のような秀歌がある。延慶（一三一〇）頃まで在世、五十歳位か。惜しくも十分の開花を見ずして終った典侍の和歌的遺伝子は、ここに見事に実を結んだのである。

誕生によって祖父定家に老後の喜びと重要歌書書写のエネルギーを与えた典侍は、短い生の中で父為家に阿仏という晩年の好伴侶と愛子為相を授け、更にその死によって哀歌「秋思歌」を創作せしめた。また『全歌集』に見る通り、続古今集撰定時の不本意な撰者追加で一旦は鈍ったかに見える弘長二・三年の作歌活動に比し、典侍没の翌文永元年（一二六四）六十七歳以後における驚くばかり精力的な制作意欲は、悲嘆を乗り越えた為家の強靭な歌人魂を示すものである。

6　天福本後撰・拾遺集の意義

かつて天福元年八月四日、七十二歳の定家は、日記に次のように記した。

昨今終日草子を書く、疲れを知らず、只老狂か。徒然の身、携はる事無きの故なり。

ついで五日、

午の時許り兼直宿禰音信す、書写の間聊か他行の由を示して逢はず。……未の時千載集下帖を書き終る、老骨を顧みず終功を遂ぐ。此の集の躰猶以て遺恨多し。

「携はる事無き」どころか、前年六月勅撰集撰進の命を承わり、撰歌精進の余り二月には左目の腫れに苦しんだり、入集希望の来訪者と応接しきりといった繁忙の中で、前月二十六日から十日間での千載集書写である。そして休むいとまもなく、続く八日間で拾遺集を書写し終った。奥書に、

天福元年仲秋中旬、以七旬有余之

盲目、重以愚本書之、八ケ日終功

翌日令読合畢

と記した定家は、約一箇月後の九月十八日、藻壁門院崩御に殉ずる愛娘民部卿典侍の出家を許し、翌十九日に為家に初の女子誕生を見て、その後のいずれかの時期に「翌日」云々の注記の上部に、

為授鍾愛之孫姫也

と書き加え、これを孫姫――のちの大納言典侍に相伝した。

翌二年には伊勢物語を書写、

天福二年正月廿日己未申刻凌桑門

之盲目連日風雪之中遂此書写

為授鍾愛之孫女也

同廿二日校了

ついで後撰集を書写、

天福二年三月二日庚子重以家本終書功

于時頽齢七十三眼昏手疼寧成字哉

為伝授鍾愛之孫姫也

桑門明静

三年後の嘉禎三年には七十六歳にして古今集を書写、

嘉禎三年正月廿三日重書之

眼昏手疼寧成字哉

去十四日書始同廿七日自読合訖

授鍾愛之孫姫訖

とそれぞれに奥書している。

このうち後撰・拾遺両集は、今日の流布本の祖となるいわゆる天福本で、原本が前者は冷泉家時雨亭文庫蔵、後者は個人蔵として現存する貴重本であり、いずれも「鍾愛之孫姫」云々の語を擦り消して、為家の筆跡をもって、

此本付属大夫為相

于時頽齢六十八桑門融覚（花押）　（後撰集）

此本付属大夫為相

頽齢六十八桑門融覚（花押）　（拾遺集）

と改変されている事で知られている。

為家六十八歳は文永二年（一二六五）であり、典侍没後二年、為相はわずか三歳である。愛娘の形見であり、父の形見でもあるこの記念の二書を、奥書をあえて改変してまで、為家はなぜ為相に与えたのであろうか。

前述のごとく、阿仏の腹に為相が生れたのは、おそらく典侍没後の秋冬の頃かと思われる。為家がこれを典侍の生れかわりと観じたとしても、人情として無理ではあるまい。典侍の没後、遺品整理の中でこの二本を見出だした時、それが本文的にも父定家の後撰・拾遺両集理解の頂点を示す貴重本である事を熟知している為家は、その行方について苦慮したはずである。典侍亡きのち、遺品は遺児に伝えられるのが当然であろう。しかし、二児いずれの有となるにせよ、摂家二条家にとっては数ある什物の一という以上、何程の価値もあるまい。これに対し、歌道師範家の証本としては、何物にもかえ難い文献である。これを手離す事は家にとっての損失であるばかりか、広く歌道研究上の損失である。おそらく定家は、「鍾愛之孫姫」に民部卿典侍にもまさる女流歌人としての成功を期待してこれを与えたであろうが、その人亡き今、当本を家にとどめるには、奥書を改変するよりほかはない。かくまでしてこれを与える相手は、何かにつけ不仲な為氏・為教ではありえず、典侍を男にして生れかわって来た為相以外にはない。おそらくこのように考えて、文永二年（一二六五）典侍の三回忌を期に、為家は父定家と女典侍の形見である「為授鍾愛之孫姫也」の奥書を擢り消し、「此本付属大夫為相　頽齢六十八桑門融覚」と改変して、わずか三歳の為相に付与したのであろう。その行為の中には為家の恣意ではなく、故人の生を無にせず次代に伝えようとする、深い親心を見る事ができる。

大納言典侍の生は短く、作品にも取り立てて見るべきものがあるとは言えないが、その誕生・阿仏登用・死の三点において、偉大な祖父と父とに対し、図らずも大きな影響を与えた。祖父定家の老軀をおしての古典書写の情熱は、「鍾愛之孫姫」に授けんがために一層かき立てられたものであったし、彼女を介しての阿仏との邂逅は、父為家の晩年に思いもよらぬ愉悦と苦悩をもたらした。その余波は冷泉家の創立となって遠く八百年後の現代に及び、同家が幾多の社会的変動の中で守り通して来た御文庫の公開によって、和歌史上こよない文化遺産伝存の役割を果したのである。

歴史上に名をとどめた女性は古来数多いが、生誕死去の両方が年月日まで確認される——しかも共に肉親の当時直接の記録によってなされる事例は甚だ稀である。この事実一つを取ってみても、大納言典侍が家族間でいかに愛されていたかが推測され、その人柄までも床しくしのばれるであろう。人間として生き、かつ死ぬ事の意味するふしぎを思い、幸薄い生を真摯に生きた典侍のために、心からなる祝福を捧げたい。

注

（1） 典侍の生涯については、「九条左大臣女とその母後嵯峨院大納言典侍」（『京極派歌人の研究』第二章第三節、昭49）に詳論したので参照されたい。

（2） 右論文参照。

三　歌風

現存する典侍詠は、前述通方女詠と推定されるもの三首、また存疑のもの一首を除き、総計六〇首、実数五二首。その内訳は次表に示すごとくである。

後嵯峨院大納言典侍全詠歌

集名	歌数	歌番号〔歌数・歌番号とも（　）内は重複〕
続後撰	1	一三三五
続古今	3	五九・一二五三・一四四〇
続拾遺	2	一〇二七・一〇五六
新後撰	2	七八四・一二〇二
現存和歌六帖	1	四五七
秋風抄	2（1）	八九・一一七（現存四五七）
秋風集	1（1）	四一三（現存四五七）
雲葉集	1（1）	七一一（秋風抄八九）
夫木抄	2（1）	六二六一（現存四五七）・一五一〇二
増鏡	1（1）	五八（続後撰一三三五）
秋夢集	44（3）	二二（続拾遺一〇五六）・二五（新後撰一二〇二）・三八（続古今一四四〇）他は歌番号略
合計	60（8）	
実数	52	

その大半をなすのが秋夢集詠である事、言うまでもない。ここに見る典侍の歌風は、他資料の諸作と同様、きわめて端正上品で、古歌によく学び、父為家の庭訓を忠実に守った、優等女子学生の趣である。従って定石通りで面白みに乏しく、目立った特色はないと言わざるを得ない。その存在はこの習作断片に「秋夢集」の名を与え、巻末に跋歌を書きつけて散逸を防ぎ世に残した、父為家の親心によってのみ評価されるものかもしれない。

しかし、歌道家秘蔵の姫、少女からの典侍勤仕、摂家嫡男の北の方、そして三十一歳の早世というその経歴を考えれば、歌人として多くを望むのは酷であろう。そうした条件のもとに本集を見る時、彼女がいかに父為家の「稽古」の教えを忠実に実行していたかがしのばれる。各詠につき、おそらく典侍が見たであろうと思われる参考歌をなるべく多数あげておいた。果たしてすべてが證歌とするに当っているかは疑問であるが、作者の精進の一端は推測できるかに思う。古歌の吸収の自在さ、広汎さにかけては父に遠く及ばないが、彼女にとり最も身近な関心事であったろう宝治百首の諸作をはじめ、父の身辺に集められたはずの多くの和歌資料に目を通し、学んでいたに違いない。発想表現ともにごく穏当で、これはと目立つような特色はないが、

時鳥雲路に遠く聞きそめて今一声となほぞ待たる、　（五）

の二・三句、

今はとておのがきぬ〴〵別るれどとまるは人のなごりなりけり　（二一八）

の下句など、目立たぬながら独自の表現でしっとりと美しい。

何と言っても見るべきものは、早く夫を失った境涯をにじませた作である。

たづね来る人なき宿は道絶えて心のまゝに茂る夏草　（二一）

冬の池につがはぬをしの浮寝には結ぶ氷もなほや寒けき　（一一八）

相見しは遠ざかりゆく年月を忘れず嘆くわが心かな　（二二一、続拾遺一〇五六）

嘆かずよ沢辺の芦のうきふしもよしやいつまであらじと思へば　（三八、続古今一四四〇）

後二首はさすが勅撰入集を果しただけの佳作であり、ことに逝去二年後に成った続古今集に、その早世の予兆をなす右の詠を入集した父為家の思いは、察するに余るものである。彼女が長命し、更に精進を続けたならば、俊成卿女には及ばずとも、伯母民部卿典侍程の歌人にはなり得たであろうか。父の期待と悲傷とを思う時、本集を秋思歌と相並んで味読する事に、作品の価値以上の深い意義を感ずる事ができよう。

四　御子左家の女性達

俊成の女子は、定家と同腹に六名、他に七名、養女二名を数える。「家」の女性としての彼女らは、その大多数が有力皇族家の女房となって事務的手腕を発揮するとともに、俊成・定家の官途を側面から応援、また妹達を引立てて主家内の地歩確保につとめた。後白河院京極・八条院坊門・同三条・同中納言（健御前）・前斎院（式子内親王）女別当・高松院大納言等々。京極が後白河院の側近として親昵する一方、大納言成親の妻となって平維盛室を生んだごとく、彼女らは結婚もし、歌も日常的に詠んだではあろうが、より切実に求められた使命は、閨閥よりも歌才よりも、先ずは権門に取入ってその内情に通じ、自家男性達の任官昇進の道を円滑にするにあった。その中でも直接歌道家としての家業にかかわった者としては、順集や唯心房集等多くの歌書を書写した坊門局が目立つが、彼女はむしろ少数派に属する。専門家業確立以前の御子左家においては、家祖長家以後下降線をたどる家格・官途の向上こそ最大の急務であった。

八条院三条の女で、俊成養女となった歌人俊成卿女は次世代に属し、生き方も異なる。彼女は幼少の頃父尾張守左少将盛頼が安元三年（一一七七）鹿ヶ谷事件に連座して解官されたためか、祖父俊成に養われた。少女時代の事は不明であるが、建久初年、中納言正二位源通親の男で、ほぼ同年齢の通具と婚した。通具は建久元年（一一九〇）二十歳、従五位下因幡守と位はまだ浅いが、摂家に次いで太政大臣を先途とする「清華」の家柄、久我家の御曹司である。これに次ぐ「大臣家」のそのまた下、「諸家」と一括りされる一般公家に属する御子左家の女性として、れっきとした正妻とまでは言えずとも、母三条が同格諸家の父盛頼と婚したよりははるかに上格の縁組であり、歌壇の長老としての養父俊成の社会的地位の向上の程がしのばれる。二人の間には一女と、正治二年（一二〇〇）生れの具定とをもうけた。しかし間もなく通具が、法印能円女、後鳥羽院女房、土御門院乳母なる従三位按察局を妻として迎えたので、自ら身を退き、建仁二年（一二〇二）三十二歳程で後鳥羽院に出仕、以後専門歌人として堂々たる生涯を送った事は周知の通りである。のみならず、彼女は建長四年（一二五二）八十余歳にして「越部禅尼消息」を著わし、和歌に独自の見解を把持して定家をも批判し、為家を理解激励する見識を示した。歌道師範家の女性としての自覚と自信が、彼女においてはじめて確立したと言えよう。

定家の多くの女子中、脚光を浴びるのは、為家と同腹三歳の姉、後堀河院民部卿典侍(1)ただ一人である。彼女は前世代の女性達の誰よりも華やかに、元久二年（一二〇五）十一歳で後鳥羽院に出仕、勅淀により家祖長家の官名にちなむ「民部卿」の候名をたまわった。歌道家としての実家の地位向上と、それ以上に上昇機運にある母方西園寺家の力が働いたものと思われる。しかし以後の宮仕えの消息は伝わらず、やがて承久三年（一二二一）の変によって主家を失った彼女は、嘉禄元年（一二二五）後堀河天皇准母安嘉門院女房として再出発、寛喜元年（一二二九）九条道家女竴子の入内に侍し、二年三月二十八日女官除目に典侍に補せられた。時に三十六歳。ここに彼女は御子左家女性としてはじめて、内裏女房の最高事務責任者、典侍となる道を開き、次代為家女の典侍就任の先蹤をなすと共に、少女時代から知られていた歌才（家長日記）をようやく発揮して、貞永元年（一二三二）光明峯寺摂政家恋十首歌合等の諸歌会に活躍、この年奏覧の定家撰新勅撰集に二首入集、晴の勅撰歌人となる。しかしそれも束の間、同年十月の後堀河天皇遜位に伴い中宮を辞し、藻壁門院と称した竴子が、翌天福元年（一二三三）九月十八日難産により崩、典侍も出家した事は前述の通りである。三十九歳。ついで二年八月六日、後堀河院も崩じた。以後女院月忌ごとの典侍法華堂参詣を報じつつ、翌嘉禎元年（一二三五）をもって現存明月記は終り、典侍の余生は知られるところがない。

家業における典侍の活躍は、貞永元年恋十首歌合・名所月歌合にいずれも右方筆頭歌人となっている事で明らかで、前者において「寄船恋」を詠じた、

にごり江にうき身こがるる藻刈舟はてはゆききの影をだに見ず　（続後撰九五一）

は、十六夜日記に「うき身こがるる藻刈舟など詠み給へりし民部卿典侍」とたたえられ、彼女のおもて歌と思われる。更に長秋詠藻を定家と両筆書写するなどでも知られる。「民部卿典侍集」は他者詠をも多く含む未精撰の小家集で、特に俊成女との贈答書簡の収録は甚だ興味深いが、歌人としての全貌を知るには遠い事が惜しまれる。一方で彼女には、父定家が「父に似て世事を知らざる本性か」（明月記寛喜二年七月十九日）と嘆じさせるような、世間的妥協を拒むいっこくさがあったようで、それが、社会的大変動の中で主家を次々に移りつつ、結婚に逃避する事もなく、典侍の栄職まで昇りつめ、しかも故主の崩により即日これを捨て出家するという、意志的な生涯を選ばせたのであろう。

御子左家の女性達は、代々このように営々と努力して、宮廷女房としての実力を養い、歌道家の業を助け、自らも歌人として精進する、というように、次第に業績を積み重ね、その地位を上昇させて来た。そのバトンを受けつぐ代表選手として、為家女大納言典侍は、奇しくも民部卿典侍出家と入れかわるようにこの世に生を受けたのである。定家がこれを「鍾愛之孫姫」と呼んでいつくしみ、あたかも書きあげたばかりの拾遺集をはじめとする諸書を与えたのは、まことに故ある事であった。

宮廷出仕、典侍補任、そして結婚。いずれを取ってみても、大納言典侍のそれは前代女性の誰よりも上格に位置する。しかもかけがえのない一人娘。男子に対するとは又別性格の期待の眼が彼女に向けられ、彼女もよくそれに

応えて身を持した。その極点が、摂家嫡男二条道良との結婚である。ここに、長家以降衰運に耐えて守り続けた父祖の血が、再び本流に合する機会を得た。それを喜んだであろう為家の心を、功利的と貶めてはなるまい。それこそ祖先に対する至孝の道だったからである。しかも夫妻は仲むつまじく、早く一女をもうけたが、道良の早世、ついで典侍の死によって、御子左家と摂家との絆は絶たれた。為家の悲しみは、もちろん一次的に愛娘を失った悲傷であり、その純粋さは秋思歌を見ても疑うべくもないが、やがていささか世俗の関心に立ち帰った時、家格向上の頼みの途絶えた事もまた、深い失望となったであろう。同時に、やはり男子の手によって家を興さねばならぬ、とも、改めて決意したと思われる。それが、未だ全く白紙の為相への期待となって、後撰・拾遺両集のみならず、のちに紛議をかもす所領・文書伝授となっていったのでもあろう。

とはいえ、その後も御子左家の女性達は歌道家の女子たるに恥じぬ活動を続ける。二条・京極・冷泉三家の分立抗争の中で、為教女、為兼姉為子は伏見朝の大納言典侍、のち従三位、従二位として宮廷に権威を持つとともに、為兼の京極派新歌風樹立に最初期から大いに貢献した。これには故典侍の忘れがたみ、九条左大臣女もあずかって力があった事、前述の通りである。一方二条家では、一足遅れる形で為氏孫、為世女なる為子が、後宇多皇后遊義門院女房から後二条朝権大納言典侍となり、春宮後醍醐の寵を受けて尊良・宗良親王を生み、嘉元百首の作者ともなり、二条派の代表的女流歌人として活躍、没後贈位されて贈従三位為子の名で知られる。その遺伝子が宗良親王に伝わった事でも、後代に影響を残している。以上三代の御子左家出身典侍は、いずれも「為子」を名乗っており、同家の通字「為」が女性においてもいかに重いものであったかを示している。

遅れて成立した冷泉家では、為相女が将軍久明親王妾として久良親王を生み、為守女とともに玉葉風雅に入集、その限りにおいて京極派に近い詠風を残す。京極家は絶えるが、二条家では為道女が後醍醐天皇に侍して懐良親王らを生み、権大納言三位と呼ばれ、続千載以下に入集。更に時代が下っては、二条為明女が新千載に一首、冷泉為秀女が新拾遺に二首を残すが、中での異色は二条為定女、芳徳庵で、出家長命して八十余歳に及び、勅撰入集は新続古今一首のみだが、応永十四年（一四〇七）内裏九十番歌合の作者となるほか、看聞御記・沙玉集に登場、伏見殿歌会に参加するなど、高齢にして顕著な活躍を見せている。

以後は勅撰集の廃絶、宮廷の衰退、男性の社会的優位化により、記録に残る女性は減少するが、上冷泉為之女が、一人は足利将軍義政の女房となり、一人は一条兼良男教房室、政房母となる。下冷泉家では持為がその死に当り、男政為幼少により、歌道家秘事口伝等を三十歳近い女子に伝えた。彼女は義政女房藤大納言局、のち春芳院で、八十余歳の寿を保ち、幕府の信任を得て弟政為をよく助け、家の復興に尽くした。このような経緯を経つつ、結局上冷泉家が連綿として家の伝統と文書を守り、今日の御文庫公開に至ったについては、代々の女性達の人知れぬ貢献があった事、言うまでもあるまい。

御子左家の女性達は、中古女流歌人達のような社交的に華やかな存在、と言うにはいささか劣るかもしれない。和歌そのものが、男女間の高度に洗練された会話から、政治的意義を持つ公的文芸へと重心を移す歩みに合せ、官職とは別に公家家職が固定して行く中で、歌道師範の家の女性は、才能と興趣の赴くままに生き生きと詠歌できた中古女流とは異なり、慎重に修練を積んで家名に恥じぬ歌を詠まねばならない。そこを突き抜けて個性を発揮した俊成卿女・為兼姉為子にしても、その基礎には並々ならぬ古典主義的鍛錬があったはずである。惜しくもそこに至らずして早世した大納言典侍の遺詠も、型通り、月並と見過ごすのでなく、家の名を負った努力の結晶としていとおしみ味わいたい。それが、名を残さずに逝ったこの家の各時代多くの女性達の真摯な努力を代表するものだからである。

私はかつて京極派歌人伝を追求する中で、その中の有力者九条左大臣女の母が後嵯峨院大納言典侍である事を知り、その生涯を追う事で、近付き難い大歌人定家にいささかでも触れ得た事に喜びを感じた。今、当時は思いも及ばなかった秋思歌の出現により、為家と大納言典侍、深い情愛で結ばれたこの父子の二歌集の注釈を世に送り出す事の叶った幸福を、両歌人はじめあらゆる関係者の方々に、深く感謝申し上げる次第である。

注

（1）以下、森本元子『古典文学論考枕草子和歌日記』（平元）所収民部卿典侍関係諸論考による。

秋思歌　初句索引

あ行

か行

さ行

た行

な行

秋夢集　初句索引

あとがき

かつて、冷泉家御文庫初公開に当り、重要文化財に指定された為家譲状四通を東京国立博物館でまのあたりにした時、いたいたしいようなにじり書の中に、為家の阿仏に寄せる深い愛情と信頼を感じ、妻たる者、これでは鎌倉まで下って訴訟を貫徹せずには居られないと強く感じ、今までの為家観、阿仏尼観に大きな変化を覚えました。ついで九条家本十六夜日記の精査によって、更に二人の交情の深さを確認しました。加えて平成九年秋、東京都美術館での「冷泉家の至宝展」で、秋夢集と並んで、これまで存在を夢想だにしなかった秋思歌の、しかも私が昔たどたどしく考証した大納言典侍死没の日付、「七月十三日」を端書とした冒頭部分を実見、ガラスケースの中なのも忘れ、思わず手を出して丁をはぐってみたい思いにかられ、来館者の混雑の中にも暫くその場を離れられませんでした。

平成十二年、冷泉家時雨亭叢書第十巻『為家詠草集』で、待望の秋思歌写真版に接し、翻字筆写するにつれ、はじめは月並の哀傷歌と見えた各作品の背後にひそむ古典摂取の深さ、多様さに舌を巻きました。俊成とも定家とも違う為家の歌の、一見平凡な中に汲めども尽きぬ滋味をたたえた表現の秘密に、及ばずながらも手がかりを得た思いで、詠歌一躰をも見直し、京極派に対抗して長い生命を保った伝統和歌の底力を、力の続く限り今後何とか見きわめたいと思っております。

それもこれも、研究生活のごく初期、九条左大臣女の伝記研究を介して図らずもめぐり会った可憐な定家鍾愛の孫姫、後嵯峨院大納言典侍の仲立ちでした。後撰・拾遺集奥書の擦消し訂正にびっくりし、後撰書写日付と典侍の誕生日の先後にまごまごした初心の日をなつかしみつつ、この小注釈を為家父子に捧げます。

翻刻を御許可下さいました冷泉家、早くからの諸研究によって多大の示教啓発をたまわりました佐藤恒雄氏、そして本叢書編集委員の皆様と青簡舎に、厚く御礼申上げます。

平成二十年五月五日

岩佐美代子

岩佐美代子（いわさ・みよこ）
大正15年３月　東京生まれ
昭和20年３月　女子学習院高等科卒業
鶴見大学名誉教授　文学博士
著書：『京極派歌人の研究』（笠間書院　昭和49年）、『京極派和歌の研究』（笠間書院　昭和62年）、『玉葉和歌集全注釈　全四冊』（笠間書院　平成８年）、『宮廷の春秋　歌がたり女房がたり』（岩波書店　平成10年）、『宮廷女流日記読解考　全二冊』（笠間書院　平成11年）、『光厳院御集全釈』（風間書房　平成12年）、『源氏物語六講』（岩波書店　平成14年）、『風雅和歌集全注釈　全三冊』（笠間書院　平成14～16年）、『校訂　中務内侍日記全注釈』（笠間書院　平成18年）、『文机談全注釈』（笠間書院　平成19年）など。

新注和歌文学叢書 3
秋思歌 秋夢集 新注
二〇〇八年六月一三日　初版第一刷発行
著　者　岩佐美代子
発行者　大貫祥子
発行所　株式会社青簡舎
〒一〇一-〇〇五一
東京都千代田区神田神保町一-二七
電　話　〇三-五二一八-三二二六七
振　替　〇〇一七〇-九-四六五四五二
印刷・製本　株式会社太平印刷社

ISBN978-4-903996-08-0 C3092